LA VIE SELON CHARLIE

Lisa Krusche est née en 1990 à Hildesheim, en Allemagne.
Elle a étudié les beaux-arts et l'écriture créative avant de se consacrer à l'écriture. *La vie selon Charlie*, son premier roman, a été salué par la presse et a remporté de nombreux prix littéraires. Elle vit toujours en Allemagne, à Brunswick.

Titre original : Das Universum ist verdammt groß und supermystisch

ISBN : 979-10-363-5314-7
Dépôt légal : avril 2025
Première édition

Loi n° 49-956 du 16 juillet 1949 sur les publications destinées à la jeunesse.

Lisa Krusche

LA VIE SELON CHARLIE

Traduit de l'allemand
par Laurence Bouvard

Bayard Jeunesse

UN

On m'a offert une algue. En fait, je voulais un chien. Je contemple le sachet rempli d'eau posé sur la table dans lequel ondulent les bras tentaculaires de la plante. C'est un cadeau du copain. Il est entré dans la cuisine vêtu du peignoir de ma mère, les cheveux mi-longs en bataille et les mains dans le dos. Il souriait bêtement.

– J'ai quelque chose pour toi, Gustav.

Un dixième de seconde, j'ai pensé : « Un chiot ! » Mais ensuite, il a posé le sac devant moi et mes yeux se sont fixés dessus. Il a fait le tour de la table, puis il m'a donné une tape sur l'épaule :

– Cool, hein ?

Ma mère, Lily, qui était devant le grille-pain, lui souriait, comme s'il venait de faire quelque chose de génial. Pourtant elle sait très bien que je veux un chien.

– Trop de travail, m'avait-elle répondu quand je l'avais suppliée. Déjà que je n'arrive pas à m'en sortir avec deux boulots, alors un chien en plus…

Sauf que ce serait mon chien et que je m'en occuperais. Mais elle refuse de me croire.

– Si tout va bien, bientôt tu auras aussi un poisson rouge, déclare le copain.

Et il me fait un clin d'œil.

– On verra, tempère Lily.

« La vie est une vaste blague ! » marmonne parfois papi. Je crois que maintenant, je comprends ce qu'il veut dire.

– Comme ça, tu ne seras pas tout seul pendant notre absence, poursuit le copain. Tu pourras installer un aquarium pour ta plante et te documenter. Tu aimes ça, la lecture, non ?

Il s'assoit à table.

S'il y a bien un truc que je déteste, c'est que les gens posent des questions dont ils connaissent la réponse depuis longtemps. Globalement, je n'apprécie vraiment rien de ce que fait cet homme. Qu'il parte en vacances avec ma mère, par exemple. C'est lui qui lui a proposé.

– Mon premier voyage en dix ans ! s'est exclamée Lily, surexcitée.

Ils veulent aller au bord de la mer Baltique. Ce sera sans moi. Ce n'est pas une bonne idée. À chaque fois, c'est la même chanson : Lily trouve un copain, elle est heureuse pendant un petit moment, le copain repart et Lily est encore plus triste qu'avant. Plus le copain reste longtemps, plus elle est triste quand il la quitte. Un séjour complet sera forcément synonyme d'un chagrin encore plus gros.

– Laisse tomber, ai-je lancé au copain.

Puis j'ai ajouté en m'adressant à ma mère :

– Si tu pars avec lui, je me tais pour toujours.

Lily s'est fâchée. Et moi aussi, je me suis fâché. Parce qu'elle ne comprend rien. Elle ne comprend pas que je ne peux pas le sentir, son copain, avec ses blagues idiotes et ses cadeaux stupides. Ça m'énerve qu'elle prenne toujours le parti de ses petits amis, et qu'elle oublie que moi aussi, je suis là. Et puis si vraiment on a besoin d'un homme, il nous en faut un qui reste. J'ai tapé sur mon téléphone : *Je ne veux pas de père de rechange,* et je lui ai fourré l'écran sous le nez.

– Gustav ! s'est-elle écriée.

Et plus personne n'a rien dit. Finalement elle a repris :

– Bon, mon amie Nadiah viendra s'occuper de toi. Que ça te plaise ou non, je pars.

J'ai haussé les épaules. Très bien. Moi, j'irai au canal observer les bateaux et ramasser des objets, comme d'habitude. On n'est jamais partis pendant les vacances d'été. Lily a toujours répété : « Mieux vaut éviter les voyages, parce qu'au retour, on n'arrive plus à s'adapter à son petit univers. »

Et maintenant, voilà qu'elle part et que tout a changé, mais pas dans le bon sens.

– Dis merci ! ordonne-t-elle.

Elle s'assoit sur les genoux du copain auquel j'adresse un signe de tête.

– Gustav ! s'étrangle-t-elle en me foudroyant du regard. Tu n'es pas muet, que je sache !

Je mords dans ma tartine.

Je me suis juré de me taire et je tiendrai bon.

– Ce n'est pas grave, fait le copain.

Là, il n'y a rien à redire.

– Je sais que tu n'es pas du genre bavard, embraye-t-il. C'est vraiment dommage que tu ne viennes pas.

Et il éclate de rire. Pourquoi ? Mystère.

– Mais on deviendra sûrement potes, tous les deux, ajoute-t-il.

Ben voyons. Je hausse de nouveau les épaules. Il s'en moque. Il continue : l'endroit où ils iront est trop bien, et les belles plages, et patati, et patata. Et Lily qui le mange des yeux comme si ce qu'il racontait était la chose la plus intelligente du monde. Je donne une pichenette au sachet qui contient la plante aquatique. Elle se balance d'avant en arrière.

– Tu penseras à rendre visite à papi ? fait Lily.

Puis elle embrasse son copain sur la joue et se lève. J'acquiesce. C'est moi qui suis chargé de papi. Parce que Lily travaille le matin, et le soir aussi. Après, les visites ne sont pas autorisées à la maison de retraite. Du moins, c'est ce qu'elle prétend. Je me lève et je prends le sachet. La plante dodeline. Je vais l'appeler Agatha.

« Tu t'appelles Agatha, mais tu n'as rien d'une Agatha », s'étonneront les gens.

« C'est quoi, ce drôle de nom ? » ajouteront d'autres.

Agatha ne dira rien, mais elle échangera un regard entendu avec moi et on hochera la tête ensemble. Je l'emmène sur le balcon.

« Regarde, tu vas vivre ici maintenant », lui dis-je en pensée.

Je la soulève pour qu'elle puisse voir le paysage. J'aime compter les voyageurs qui descendent à la station de tramway, ou les trains de banlieue qui vont et viennent, ou les voitures qui, du matin au soir, passent dans la rue principale, ou les habitants des immeubles voisins qui mettent du linge à sécher sur leur balcon. Il y a beaucoup de monde qui fait ça. Étendre la lessive et fumer sont les principales activités des gens sur leur balcon. Certains y stockent aussi du verre usagé ou des poubelles. De temps à autre, on trouve aussi une chaise en plastique ou une table. Tout est un peu gris ici, même quand le soleil brille. C'est le premier jour des vacances d'été et rien ne va. Je baisse les bras.

« Tu en as vu assez, tu ne crois pas ? » Agatha ne répond pas, elle se contente de s'agiter dans l'eau. Je crois que je l'aime bien. Mais ça ne veut pas dire que j'aime le copain pour autant.

« Il doit partir », dis-je à Agatha dans ma tête.

« Mais comment ? » interroge-t-elle. Et c'est à ce moment-là que je comprends qu'elle est drôlement intelligente parce que c'est une sacrée bonne question.

DEUX

Je donne un coup de pied dans un caillou. Il cliquète sur les dalles en béton et s'arrête devant l'ancien salon de coiffure qui a fermé depuis longtemps, comme la plupart des magasins du coin. Je le glisse dans la poche de mon pantalon. Je ramasse tout ce que je trouve autour de moi à condition que ça tienne dans ma poche. Quand j'étais petit, je pensais que les objets par terre formaient une piste qui me conduirait à mon père, qu'il les avait perdus. C'est pour ça que je voulais tous les garder. En souvenir. Je croyais que peut-être, lorsque j'en aurais récolté assez, j'aurais des indices sur la personne qu'il était et l'endroit où il se trouvait. Maintenant que je suis grand, je sais que c'était n'importe quoi. Mais je continue à ramasser des objets. Même si je n'ai jamais retrouvé mon père grâce à eux.

« Et pourtant, j'aurais bien besoin de lui en ce moment », dis-je à Agatha.

Elle ne répond pas et se contente de flotter. Il n'y a pas grand monde aujourd'hui. Quelques enfants, qui jouent au foot sur l'aire de jeu, et la folle sur son banc qui parle toujours du messie. Elle s'appelle Mme Nowak. Elle collectionne les vieux papiers aussi. Quelqu'un doit bien conserver toutes ces informations, m'a-t-elle expliqué un jour. Personne n'a jamais dû lui parler d'Internet.

– Salut, Gustav, lance-t-elle.

Je lui fais un signe de tête, puis je m'assois près d'elle et de ses nombreux sacs. Nous nous installons souvent là, l'un à côté de l'autre. Quand Lily travaille et que l'appartement est totalement silencieux à l'exception du tic-tac de la pendule de la cuisine. Quand Lily est là et traine sa tristesse devant la télé. Quand Lily et Nadiah passent une soirée entre filles. Quand Lily dit : « Va jouer dehors avec tes amis. »

Quand Lily et le copain sont à la maison, comme aujourd'hui, et parlent de tout ce qu'ils vont emporter en vacances.

– Qui ne tente rien n'a rien, déclare Mme Nowak.

J'acquiesce comme si je comprenais. Elle sort de sa veste une barre chocolatée enveloppée dans du papier doré et me la tend. Je la mets dans la poche de mon pantalon. Le chocolat de Mme Nowak a le même goût que la plupart des choses dans ce quartier : il est granuleux et fade. Il faudrait tout changer ici.

– Un objectif sans plan s'appelle un vœu, continue Mme Nowak.

Je me lève parce que, parfois, j'ai l'impression qu'elle est capable de lire mes pensées et ça me donne la chair de poule.

– Bye bye ! s'exclame-t-elle.

J'agite la main pour lui dire au revoir.

TROIS

Ça empeste dans la maison de retraite de papi. Une drôle d'odeur un peu sucrée, mais pas sucrée délicieuse, sucrée écœurante plutôt. Elle pique le nez. Je ne sais pas pourquoi papi tient tant à vivre ici. Il n'est pas centenaire, tout de même ! D'aussi loin que je me souvienne, il a toujours habité là.

Après la disparition de mamie, papi a un peu perdu la boule. Et ensuite, il a voulu déménager dans un foyer.

Voilà ce que Lily m'a expliqué. Il y a des foyers pour personnes âgées, pour animaux, pour enfants. Pourquoi n'existe-t-il pas de foyers pour adultes, où on pourrait les déposer quand on n'en veut plus, ou quand on ne peut plus s'en occuper, ou quand ils ne vous achètent pas de chien ?

– Bonjour, Gustav, lance Martha, mon aide-soignante préférée. Ton papi est dans sa chambre.

Je ne suis pas surpris. Papi est toujours dans sa chambre. Il s'assoit et ensuite… il reste assis. Son colocataire, c'est encore pire. Il dort tout le temps. La seule chose qu'on entend parfois est un léger ronflement.

Je referme la porte délicatement. Le soleil brille à travers les carreaux et pare de reflets d'or les hommes, les murs et le mobilier brun grisâtre. Papi est assis à table, ses mains sont posées sur la nappe en crochet, la pulpe des doigts sur le bord. Il est blafard, comme d'habitude, presque transparent. Je lui fais un signe de tête et je m'installe en face de lui. Les veines sous sa peau forment de petites routes qui sillonnent son visage.

– L'enfer est sans fond, lâche-t-il.

Il tapote la nappe de ses doigts :

– Elle n'est pas à moi. La femme de mon colocataire l'a tricotée jadis. Il me le répète tous les jours. Il ne lui reste que cette information de sa vie. C'est terrible.

Il jette un coup d'œil au lit, puis ses yeux reviennent sur la nappe qu'il se remet à fixer. J'ai du mal à croire que son colocataire se réveille parfois. Maintenant, papi et moi respirons ensemble.

Voilà comment ça se passe la plupart du temps. Il s'énerve, puis on se tait et on reste assis. C'est tout. Néanmoins, Lily insiste pour que j'y retourne. Peut-être a-t-elle mauvaise conscience parce qu'elle-même ne lui rend pas visite ? Peut-être pense-t-elle que c'est bien qu'au moins l'un de nous garde le contact avec papi ? Ou alors elle se dit que ça m'occupe et que pendant ce temps-là, je ne fais pas de bêtises. Le bouchon de stylo-bille (rouge) que j'ai trouvé en venant ici tourbillonne entre mes doigts. Les adultes sont étranges. Ils ont des peurs stupides. Ils craignent qu'on fasse des bêtises, qu'on devienne des bons à rien, ou qu'on oublie de ranger notre chambre. Mais ils ne redoutent pas de ne jamais trouver d'amis, ou de partir en vacances avec un crétin, ou que le sable disparaisse un jour – j'ai lu qu'il devenait rare. Et pourtant je n'ai encore jamais rencontré d'adulte qui me dise : « Je suis crevé parce que j'ai très mal dormi. J'ai fait un cauchemar, Gustav : je ne pouvais pas m'allonger sur la plage parce qu'il n'y avait plus de sable. »

– Oh ! souffle papi dans un soupir. Juste une fois, Gustav. Sentir une dernière fois la douceur de l'air estival, et de l'asphalte chaud qui se déroule devant vous, voir les lumières, les bars au bord de la route, entendre la musique. Faire un dernier grand voyage, rencontrer des gens intéressants, qui parlent d'autre chose que de leur couverture en crochet. Et revoir Miffler.

Miffler, c'était son lapin quand il était au cirque, c'est-à-dire avant que mamie disparaisse et qu'il perde un peu la boule. Quand papi ne se plaint pas, il parle du cirque. Il raconte qu'il aurait aimé devenir funambule, mais qu'il est resté clown. Je ne pense pas que Miffler soit encore vivant. Et parfois, quand je vois papi, tout petit sur sa chaise, j'ai du mal à croire à ses histoires de cirque. Probablement invente-t-il une vie qui dépasse le balcon, les vieux papiers et la maison de retraite.

– C'était le bon temps, Gustav. Dommage que tu n'aies pas connu ça.

Puis il tourne la tête et regarde par la fenêtre. Je n'ai jamais été au cirque. Avant, quand j'étais petit, je demandais à y aller dès que j'apercevais l'une de ces affiches aux couleurs vives. Mais Lily n'a jamais voulu :

– Pas question. Le cirque, c'est pour les rêveurs.

Lily veut toujours regarder la réalité en face. Sauf quand il s'agit de partir en vacances avec un frimeur. Ce qui revient au même que d'aller au cirque, mais en pire et sans pop-corn.

Je me lève et je remets la chaise à sa place.

– Ah, lance papi avec un hochement de tête. Salut, Gustav.

Et il regarde de nouveau par la fenêtre. Tout à coup, il me fait de la peine sans que je puisse dire pourquoi. Je lui dis au revoir d'un signe de tête.

QUATRE

Je m'arrête devant la maison de retraite et je sors Agatha de mon sac à dos. Elle habite encore dans le sachet de congélation.

« Un jour, on te trouvera un logement plus confortable, lui dis-je. Mais maintenant, on va au canal. »

« OK », répond-elle.

Je tiens le sachet à la main pour qu'elle puisse profiter du paysage. Un saule pousse sur la rive du canal. Je cale son sachet avec précaution contre le tronc et je m'assois à côté d'elle.

« Ici, c'est mon endroit préféré », lui dis-je.

« J'aime bien l'eau », répond-elle.

« Logique. J'aime bien l'air aussi. »

Un cargo passe. J'agite le bras. Personne ne me répond. Probablement qu'on ne me voit pas. Je ne suis qu'un petit point sur la rive. Mon père est peut-être à bord. C'est lui, le capitaine du navire. Il est à la barre, en train de rêver qu'il navigue en haute mer, voilà pourquoi il ne voit pas son fils sur la berge.

« En vrai, je n'en ai aucune idée, dis-je à Agatha. Je ne connais pas mon père et je n'ai aucune information sur lui. »

Elle ne répond pas. Je pense que les pères n'intéressent pas les algues. J'aimerais en savoir plus sur le mien. Le mieux, ce serait qu'il revienne pour mettre les choses en ordre. Le copain disparaitrait. Papa resterait pour toujours et maman ne serait plus jamais triste. Ils pourraient travailler tous les deux et chacun ne serait plus obligé de travailler autant. Je serais moins seul et je pourrais avoir un chien. Je sors de mon sac à dos la liste des gens qui pourraient être mon père. J'ajoute *le capitaine du bateau.*

– Hé ! T'écris quoi ?

Une fille se tient près du saule. Le sourire le plus éclatant du monde s'illumine devant moi, et soudain, j'ai l'impression de sentir une odeur de cannelle. Des rubans colorés sont tressés dans ses cheveux, et autour du cou, elle porte un énorme foulard rayé et bariolé, ce qui est un peu étrange en plein été. Des taches de couleur sont imprimées sur son T-shirt blanc très long, ainsi que sur ses baskets.

– Montre ! ordonne-t-elle.

Et elle attrape la liste.

– *Liste des gens qui pourraient être mon père.* Hum, hum…

Elle me regarde et sourit de nouveau. Les taches de rousseur sur son visage ressemblent un peu à la Voie lactée, je trouve.

– Tu ne connais pas ton père ?

Je secoue la tête.

– Crotte ! lâche-t-elle.

Je fronce le front, même si elle a raison.

– Moi, j'en ai un, mais il est fou, continue-t-elle. En ce moment, du moins. Il est sculpteur et il prépare une exposition de ses œuvres. Il n'en dort plus, et moins il dort, plus il est énervé et… moins il dort ! Il ne parle plus que d'art. Tout le temps. Voilà…

Elle s'écroule par terre.

– Je m'appelle Charlie.

J'opine de la tête et je souris.

– Et toi ?

Je sors mon téléphone portable et je tape :

Gustav.

– Tu as une case en moins ? Je veux dire, tu n'as pas une araignée au plafond, des fois ?

Elle tapote son crâne.

Non, écris-je.

Je lui tends mon portable. Elle fronce les sourcils et lève un peu le menton.

– Okayyyy.

Elle étire le mot comme si c'était un chewing-gum.

– Mais tu ne parles pas.

Je me le suis juré.

– Tu t'es juré de ne pas parler ? Mais pourquoi ?

Parce que ma mère veut partir en vacances avec son nouveau copain.

Elle incline la tête :

– Elle a le droit, non ?

Il est bizarre.

– Mais ça la regarde, elle !

Ça me regarde aussi un peu. À la fin, quand il prendra ses cliques et ses claques, elle sera de nouveau triste. Ses copains partent tous et ensuite, elle est triste. Et encore, elle n'est jamais partie en vacances avec les autres.

– Hum, hum…, fait Charlie en hochant la tête. Donc tu préfèrerais retrouver ton vrai père, c'est ça ?

Elle repose les yeux sur la liste.

– *M. Öztropak, notre voisin*, lit-elle à voix haute. *Le caissier du supermarché. Le fumeur de pipe qui était assis dans la gare, le vendeur de la pâtisserie.* Tu mets tous les hommes que tu rencontres sur la liste ?

Je lui prends la feuille des mains et je la glisse vite dans mon sac.

– OK, OK. Désolée, j'ai été malpolie.

Elle fait disparaitre sa lèvre supérieure sous sa lèvre inférieure, regarde le canal, puis elle désigne Agatha :

– Qu'est-ce que c'est ?

C'est Agatha, mon algue.

– Génial ! Dis-moi, t'as pas faim, des fois ? Moi si. Mégafaim !

Je hoche la tête. Elle se lève d'un bond et me tend la main. Je me redresse à mon tour et je prends Agatha. Puis nous nous mettons en route, Charlie en tête.

En chemin, je trouve une balle rebondissante bleue et un élastique pour cheveux. Charlie m'observe quand je les ramasse mais elle ne fait aucun commentaire. Et pourtant, elle bavarde tout le long. Elle parle d'elle, de ses parents pénibles et de sa meilleure amie qui est partie pour toutes les vacances. Elle ajoute qu'elle aussi, elle aurait bien besoin de changer d'air ou du moins d'avoir quelque chose à faire. Nous arrivons devant la baraque à pizza et elle commande deux Margherita avec beaucoup de fromage. Nous nous asseyons sur l'un des bancs en bois pour patienter.

– Donc tu ne parles pas. Intéressant. Et ton père est parti. Et tu ramasses des trucs dans la rue pour en faire collection. Gustav, j'ai l'impression d'être tombée sur une histoire passionnante, là.

Elle ferme les yeux, fronce le front, ce qui fait apparaitre une grande ride au milieu. Le soleil nous chauffe le visage, les voitures passent devant nous, un petit garçon avec une glace à la main court sur le trottoir. Agatha est sur la table, son eau scintille dans la lumière.

– On va retrouver ton père ! déclare soudain Charlie.

Et je pense aux voiles dans lesquelles s'engouffre le vent et qui se déploient dans un claquement.

Je hoche la tête. Je regarde Agatha et je pense à maman et au copain, et à tout ce qui n'est pas bien et ne l'a jamais été.

– Les deux Margherita sont prêtes ! crie le pizzaiolo.

– Hourra ! s'écrie Charlie en bondissant. La pizza, c'est le pied !

CINQ

– Je n'ai jamais rencontré de clown, lance Charlie en se retournant.

Elle n'est pas plus grande que moi, mais elle est beaucoup plus rapide. J'essaie de comprendre pourquoi en observant ses jambes. Fait-elle davantage de pas ? Marche-t-elle vraiment vite ? Difficile à dire. Dans ma main, Agatha se balance d'avant en arrière tandis que j'essaie de rester au niveau de Charlie. Nous allons chez papi. Charlie m'a demandé qui pourrait nous parler de mon père, et papi est le seul. J'ai interrogé maman une fois sur ce qui s'était passé avec mon père et elle m'a répondu :

– Il est parti depuis longtemps.

C’est tout. Puis elle a attrapé ses clés et elle a filé travailler.

– Bon. Ben, on va aller voir ton papi alors, a décrété Charlie.

On peut essayer, ai-je tapé.

– En route ! a-t-elle intimé.

Je crois qu’elle va être déçue. Papi est le clown le plus triste que je connaisse.

– Salut, papi de Gustav ! s’écrie-t-elle en entrant dans la chambre.

La porte claque contre le mur parce qu’elle l’a poussée trop fort. Le voisin de papi se redresse, et reste droit comme un I. C’est la première fois que je le vois les yeux ouverts. Papi ne dit rien et se contente de lever ses sourcils broussailleux.

– Vous non plus, vous ne parlez pas, comme votre petit-fils bizarre ? interroge Charlie.

Elle le considère d’un œil intéressé. Il est assis à la même place que tout à l’heure. Charlie se dirige vers lui et lui tend la main :

– Je m’appelle Charlie. Et je suis une amie de Gustav, depuis aujourd’hui. Je me suis dit que ça pourrait lui être utile.

Elle sourit et je souris aussi un peu en secret. Papi se lève. Tout seul. Il serre la main de Charlie. Il me parait plus vigoureux que d'habitude, moins pâlot.

– Enchanté, Charlie. Je m'appelle Joseph Socier. Joseph, comme Joseph Grimaldi, le clown célèbre dans le monde entier.

– Vous en avez, de ces noms !

– Oui. C'est moi qui ai suggéré qu'on donne le prénom Gustav à ce garçon, indique-t-il en tendant l'index vers moi. En hommage à Gustav Mahler, l'un des plus fameux compositeurs du néoromantisme. Un jour, j'ai exécuté mon numéro sur sa neuvième symphonie. J'ai rencontré la mamie de Gustav ce soir-là. Et ce fut le grand amour. Gustav Mahler aussi a connu un grand amour. Elle s'appelait Alma Schindler. Tous les hommes en étaient fous. L'un d'eux s'appelait Oskar Kokoschka. Après leur séparation, il commanda une poupée grandeur nature à son effigie. Mais ça, c'est une autre histoire. Gustav et Alma se marièrent, malheureusement leur union fut un échec, et Gustav Mahler en fut très affecté. Lui aussi supporta mal la rupture avec Alma. Il se fit prendre en charge par le célèbre psychanalyste

Sigmund Freud. Mais même lui n'a pas réussi à le réparer. Il en va ainsi avec l'amour, il laisse des traces indélébiles.

– L'homme qui portait ton prénom était donc zinzin, constate Charlie.

Je réponds d'un simple hochement de tête.

– C'était aussi un génie, tempère papi.

Et il se rassoit.

– Tu vois, il y a encore de l'espoir, me lance Charlie.

Puis elle se tourne vers papi :

– On a une question à vous poser.

– Ah, bon ?

– Oui. Qui est le père de Gustav ?

Charlie n'est pas du genre à tourner autour du pot. Papi la regarde de nouveau. Il est redevenu blanc crème comme avant, parfois on dirait presque qu'il va se fondre dans le décor.

– Je ne peux rien dire à ce sujet, déclare-t-il au bout d'un moment.

– Parce que vous ne savez rien ou parce que vous ne voulez pas en parler ? demande Charlie.

– Parce que je ne peux pas, répond papi. Je ne suis qu'un vieil homme qui va bientôt mourir. Je ne me mêle plus de ces histoires.

– Je comprends. Vous avez renoncé. Mon papa aussi, il abandonne. Dans ses phases difficiles, quand il n'a plus d'idées. Pendant la crise artistique. Je les repère, les gens qui baissent les bras, explique Charlie en scrutant papi sévèrement.

– Je n'ai pas abandonné.

– Alors vous êtes super heureux ici ? Vous ne pouvez rien imaginer de mieux que de passer toutes vos journées dans cet endroit, avec parfois, la visite de votre petit-fils qui ne parle pas et qui n'a rien d'autre à faire que de trainer dehors, c'est ça ?

Papi ne dit rien. Je me sens un peu blessé.

– Très bien, embraye Charlie. Si c'est votre truc, continuez. Moi aussi, je peux le faire.

Elle arrête de parler et fixe papi. Il fixe le mur. Je les fixe tous les deux.

– Eh bien, quelle ambiance, ici ! s'exclame Martha.

Elle passe la porte chargée d'un petit plateau.

– Messieurs, vos médicaments vous réclament !

Elle pose un gobelet en plastique devant papi et met l'autre dans la main de son colocataire, toujours assis dans son lit, probablement tout étonné d'être vraiment réveillé.

– Vous pouvez me croire, je resterai ici plus longtemps que vous ! menace Charlie.

Elle lève le nez et continue de dévisager papi. Il met le contenu du petit gobelet dans sa bouche, puis il avale une gorgée d'eau.

– Très bien, déclare-t-il ensuite. Je vais vous raconter ce que je sais.

Il tourne la tête et me regarde, la mine sérieuse.

– Mais j'en sais beaucoup moins que vous ne le pensez, vous risquez d'être déçus.

– OK, fait Charlie.

Je tape *OK* et je leur montre l'écran. Ma main tremble, donc mon téléphone aussi.

– Ton père s'appelle Emilio Galetti, annonce papi. Il a travaillé une saison au cirque, en tant qu'homme à tout faire. Quand quelque chose était cassé, il le réparait. Il s'occupait aussi de nos achats. C'était un type discret, difficile à cerner.

Emilio Galetti. Je prononce ce nom dans ma tête. Je l'explore, je l'observe sous toutes ses coutures, je le tourne et le retourne. Charlie me jette un regard interrogateur. Peut-être redoute-t-elle que je ne puisse pas encaisser ces informations ? Je hoche la tête.

– Bien, approuve-t-elle. Et que pouvez-vous nous dire encore ? Où est-il parti ? Pourquoi la maman de Gustav et lui se sont-ils séparés ?

Papi baisse les yeux sur ses mains un instant, puis son regard revient vers nous.

– Hum… Je sais qu'il avait un ami ici, à Berlin. C'était le propriétaire de la boutique *Au Roi de la Magie*. Emilio allait parfois faire des courses chez lui. Des nez rouges, des baguettes magiques, tout ce qu'on cassait.

– Je le connais, ce magasin ! s'esclaffe Charlie. Il est rigolo. Ils vendent tout un tas de merdes qui ne coutent pas cher.

Qui peut bien vouloir acheter ça ? Est-ce le commerçant qui décrit sa marchandise ainsi ? Ce serait complètement stupide, et je trouverais nul que l'ami de mon père, peut-être le seul que je connaitrai jamais, soit un imbécile.

– C'est tout ce que je sais, déclare papi. Je ne me rappelle rien d'autre. Je suis vieux, ma mémoire est lente, je ne peux pas compter dessus.

Charlie hoche la tête, pensive, puis elle se lève.

– Merci, monsieur Socier. Au moins, on a une piste maintenant, c'est le plus important dans ce genre d'affaire.

Elle lui serre la main et le salue.

– Au revoir, répond papi à voix basse, comme s'il était déjà loin dans ses pensées.

– Il y a un truc louche, me chuchote Charlie dans le couloir.

Elle jette un regard à gauche, en haut, puis à droite, et elle plisse la bouche, comme si elle allait fumer la pipe. Mais elle ne fume pas la pipe.

– Je crois que ton papi en sait plus qu'il ne le dit. Les vrais détectives le sentent.

Les vrais détectives ?

Charlie tire la langue à mon téléphone.

– Ben oui. Les vrais détectives. Comme moi. Je suis la meilleure détective du monde.

Elle croise les bras.

– C'est clair ?

C'est clair.

– Très bien.

Dehors il fait toujours une chaleur poisseuse, même si lentement, l'après-midi s'achève. Charlie s'étire.

– On va le trouver, j'ai un bon pressentiment. Le monde est plus petit qu'on ne le croit.

La surface de la Terre est de cinq-cent-dix millions de km².

– C'est vrai, monsieur Fortiche. Mais on peut la mesurer, ce qui signifie qu'elle n'est pas infinie. Bon. On y va, chez l'ami de ton père ?

J'acquiesce, mais Charlie est déjà partie.

SIX

– Regarde ! s'écrie Charlie en tendant le doigt.

Nous sommes devant la boutique *Au Roi de la Magie.* Elle me montre l'une des vitrines où se côtoient des cartes à jouer, des perruques, des Rubik's Cubes, des dentiers en plastique à remontoir mécanique et des yeux en gel. Il y a aussi des jouets en métal et des baguettes magiques. Sur un présentoir, une pancarte annonce : *Merdes de toutes sortes de 1,50 à 3,50 euros*, tandis que des faux cacas sont alignés à côté. Ah, d'accord ! Là, je suis forcé de sourire.

– Super, non ? lance Charlie.

Elle sourit aussi et pousse la porte qui grince. Dans la boutique, il y a encore plus d'objets que dans la vitrine et ils sont plus loufoques les uns que les autres. Des accessoires de magie s'empilent sur les étagères. Je vois des capes, des chapeaux, des bâtons, du maquillage, du faux sang et des lapins en peluche. Je repère des jeux de cartes, des squelettes en caoutchouc, des guirlandes et des pétards de Noël, ainsi que des mains et des pieds en plastique. Et encore des tentacules de pieuvre à fixer sur un stylo, des dents de vampire et des bougies impossibles à éteindre. Des bocaux remplis de bonbons au poivre et à l'ail, des sucettes et des chenilles duveteuses qu'on manipule avec un fil.

Le propriétaire sort de derrière un rideau. Il s'appuie au comptoir et nous observe. Il semble vieux et jeune à la fois. Il a les cheveux blancs, mais ils sont épais et bouclés. Sa fine moustache rebique. Des millions de rides entourent ses yeux et sa bouche. Ses mains sont grandes et fortes, comme presque tout chez lui : les bras, le ventre, les épaules, la tête, tout. Il est bien trop grand pour cette petite boutique.

– Je peux vous être utile ?

– J'espère bien ! répond Charlie.

– Quel rayon vous intéresse ? La magie, les déguisements, les farces et attrapes ?

– Nous ne voulons rien acheter, nous cherchons des réponses, annonce Charlie.

Il la regarde d'abord, puis moi ensuite, et il se penche un peu plus en avant au-dessus du comptoir, paupières plissées.

– Alors, vous n'avez pas frappé à la bonne porte. Je vends des illusions, pas des réponses. Vos réponses, vous devrez les chercher ailleurs, à l'école ou à l'église…

Et il nous tourne le dos.

– Je ne veux pas acheter de réponses ! proteste Charlie. Je veux les avoir gratuitement. Je refuse de payer pour avoir une réponse, compris ? Et vos parents, ils ne vous ont pas appris la politesse, d'abord ? Laissez-moi vous expliquer de quoi il s'agit avant de partir.

Il revient sur ses pas, mais maintenant, deux rides profondes se sont creusées entre ses sourcils.

– Tu es bien insolente pour ta taille et ton âge, grince-t-il. Je me demande si tes parents t'ont enseigné le savoir-vivre. Tu es au courant qu'on ne doit pas importuner les inconnus ? Surtout s'ils vous l'ont dit clairement. Et on ne doit pas déranger les adultes pendant qu'ils travaillent non plus.

– Non, ils ne m'ont pas parlé de ça. Mes parents ne croient qu'à la liberté, l'art, la lumière, l'amour et la révolution.

– Ah, fait l'homme.

Juste « Ah » et il se fige, comme s'il était gelé. Je parie que les enfants ne doivent jamais lui tenir tête. Personne ne doit jamais lui tenir tête.

– Mais je ne suis pas là pour discuter de mes parents, reprend Charlie. On pourra peut-être évoquer la question la prochaine fois, et aussi, vous pourrez me dire pourquoi, selon vous, le plus important dans la vie, c'est le travail. Ensuite, je vous expliquerai que c'est faux, archifaux, et qu'il y a peut-être d'autres sujets qui pourraient être importants pour vous. Mais pas aujourd'hui, parce que là, j'ai une seule question à vous poser : Emilio Galetti ?

Le nom flotte dans la pièce qui est devenue silencieuse. Charlie et moi observons le vendeur dont les yeux ne sont plus que deux fentes et je me demande s'il va exploser, nous faire remarquer qu'un nom n'est pas une question et ajouter qu'on ferait mieux de déguerpir sur-le-champ. Mais son visage se détend.

– Emilio, prononce-t-il d'une voix aussi moelleuse que du chocolat en plein soleil.

– Oui, fait Charlie. Lui, c'est son fils.

Et elle me montre du doigt.

Pour la première fois, on me présente comme le fils de mon père. L'homme me dévisage, il n'est plus en colère, il est intéressé plutôt et attentif.

– Emilio a un fils ? Je l'ignorais. Il y a si longtemps que je l'ai vu. Des années…

– Il en a un. La preuve est devant vous.

– Oui, acquiesce-t-il. Ça se voit.

Ça se voit ?

– Comment t'appelles-tu ? me demande-t-il.

– Il s'appelle Gustav. Et il ne parle pas, précise Charlie.

Il hoche la tête et ne pose pas d'autres questions. À cet instant précis, moi, fils d'Emilio Galetti, je commence à apprécier l'ami d'Emilio Galetti.

– Nous recherchons Emilio, poursuit Charlie. Jusque-là, nous ne connaissions que son nom et le fait que vous étiez amis. C'est M. Socier, le papi de Gustav, qui nous l'a appris.

– Jamais entendu parler, indique l'homme.

– Jamais entendu parler ? s'étonne Charlie.

– Jamais entendu parler.

Comment peut-il ne pas connaitre papi alors qu'il était l'ami d'Emilio ?

– Où est Emilio maintenant ? questionne Charlie. Que savez-vous à son sujet ? Pouvez-vous nous parler un peu de lui ? Parce que voyez-vous, mon ami Gustav aimerait bien avoir quelques informations sur son papa.

– Je ne sais pas où il se trouve. Comme je vous l'ai dit, je n'ai pas de nouvelles depuis des années. Mais je veux bien vous raconter ce que je sais. Je vous proposerais volontiers de vous assoir, mais comme vous pouvez le voir, je manque d'espace, et aussi, je n'ai pas assez de chaises. Je n'en ai que deux. Une ici, et une dans ma chambre. J'ai aussi un fauteuil là-bas, mais seuls les employés ont le droit de passer derrière le rideau, vous le comprendrez aisément.

Je hoche la tête. Charlie aussi. Même si ni elle, ni moi, ne comprenons.

– Emilio travaillait au cirque à l'époque où nous nous sommes rencontrés, enchaine-t-il. Il s'approvisionnait très souvent chez moi. On parle de très grosses commandes. Il arrivait toujours au volant d'une vieille Volvo vert foncé dont on chargeait le coffre jusqu'à ce qu'il soit plein à craquer. Emilio repartait et ne réapparaissait pas pendant de longues périodes. Et puis il revenait. Il était toujours sur les routes. Il y a quelques années, quand je l'ai vu pour la dernière fois, il voulait aller en Slovaquie. Je crois me souvenir qu'il voulait rendre visite à un ami. Dans un petit lotissement, près du village de Župkov.

Je gratte la manche de Charlie et je lui mets mon téléphone dans la main.

Demande-lui à qui il voulait rendre visite.

– Savez-vous comment s'appelait son ami ?

– Oui. Il voulait aller chez Philou. C'était juste après que tout a brulé.

Charlie me jette un coup d'œil.

– Merci, dit-elle. Vous nous avez beaucoup aidés. Viens, Gustav !

Et elle fait un signe de tête en direction de la porte.

– De rien, répond-il. Si vous le trouvez, dites-lui qu'il peut passer quand il veut, que je ne suis pas encore mort. Dites-lui aussi qu'il est une belle canaille qui ne doit pas oublier ses amis.

Devant la porte, je trouve un tout petit papier métallique violet, probablement un emballage de bonbon.

– On ne lui a pas demandé son nom, c'est très impoli de notre part, remarque Charlie. Ça te dit, un falafel ?

Je compte les capsules abandonnées par terre. Il y en a sept.

– Moi, oui. J'ai une faim de loup, annonce-t-elle.

Donc on s'arrête au stand de falafels, Charlie en commande un. Je reste près d'elle et je l'observe. Elle le dévore en un tour de main. Charlie mange plus vite que tous les gens que je connais.

– Bon. On vient de faire un premier pas. On avance. Tu verras, on va y arriver. Une détective experte pour amie et le tour est joué, lance-t-elle.

Elle sort de sa poche un calepin bleu foncé avec une bande élastique autour. Du beau matériel.

– Je l'ai piqué à papa, il les utilise pour ses notes, mais comme il est en crise en ce moment, il n'en prend pas, donc il n'en a pas besoin.

En haut, à l'angle gauche du carnet, une main a griffonné *Avis de recherche*.

– On doit écrire les choses, ça aide. Il faut relever toutes les informations, parce qu'après, vois-tu, on a tout sous les yeux et on n'oublie rien, pas même les plus petits détails.

Elle feuillète quelques pages, puis elle commence à rédiger. Je comprends ce qu'elle veut dire : ça aide d'écrire. Ensuite, on a un aperçu de l'ensemble et rien ne nous échappe. Sauf que dans notre cas, ça ne va pas beaucoup nous avancer. Cet homme qui s'appelle Emilio, et qui est mon papa, est parti depuis des années en direction de la Slovaquie. Un pays dont je ne sais rien, si ce n'est vaguement où il se trouve, quelque part à l'est, et qui, à la base, est trop éloigné pour qu'on y aille. Par-dessus le marché, Emilio est probablement parti ailleurs depuis longtemps.

– La seule question qui reste est : comment va-t-on aller en Slovaquie ? Je ne peux certainement pas conduire une voiture. Et toi ?

Peut-être que Charlie est maboul. Comme Mme Nowak. Et qu'elle aussi, elle va m'apprendre qu'elle est l'ambassadrice du messie, qu'elle connait la vérité et que nous devons tous l'écouter et faire ce qu'elle dit, parce que sinon la damnation nous guette.

Je secoue la tête.

– Je m'en doutais. Ce n'est pas grave. On règlera ça.

Je reste immobile.

– Qu'est-ce qui se passe, Gus ? Il y a un problème ?

Je réfléchis brièvement au fait que Charlie me donne des surnoms. Est-ce que cela me remonte le moral ?

J'écris : *Je suis fatigué, j'aimerais rentrer à la maison.*

– D'accord.

Elle fronce le front puis elle range le calepin dans sa poche.

– Je te ramène ou tu peux retourner chez toi tout seul ?

Je secoue la tête, puis j'acquiesce. J'emploie cette méthode depuis que je ne parle plus, quand on me pose deux questions en rafale. Si je me contente de hocher la tête, les gens ne savent jamais si je réponds à la première ou à la deuxième. C'est aussi souvent le cas avec ma tactique, mais les gens intelligents comprennent.

– OK, fait Charlie. Alors, salut. À bientôt.

Je lui fais un signe d'au revoir et je m'en vais, le regard rivé sur le sol.

– Gustav !

Je suis déjà à quatre-cents mètres d'elle, mais elle crie si fort qu'on doit pouvoir l'entendre dans un rayon de quatre-cents kilomètres.

– Il suffit d’y croire assez fort, tu comprends ? Aussi fort que possible. Il faut faire savoir à l’univers qu’on est prêts.

Je me retourne et je hoche la tête, et comme je ne suis pas sûr qu’elle voie mon geste, je lève la main encore une fois.

– L’univers répond toujours, Gustav. Il répond toujours.

SEPT

Je classe les objets que j'ai ramassés avec Charlie selon ma méthode. Je note le lieu et la date où je les ai trouvés sur d'étroits morceaux de papier, semblables à ceux sur lesquels sont inscrites les citations des biscuits chinois. Puis je les glisse avec leur fiche dans l'un de ces petits sachets en plastique que l'on referme en pressant les deux bords. Ensuite, je dépose le sac dans la boîte appropriée. J'enregistre également chaque découverte sur ma liste d'objets trouvés. Agatha est posée sur mon bureau, dans un sachet rempli d'eau fraiche. Deux jours se sont écoulés depuis que j'ai rencontré Charlie, et je n'ai pas de nouvelles d'elle. L'univers non plus ne m'a pas contacté. Et Lily et le copain sont partis en vacances hier.

– À plus, Gustav ! a-t-il lancé en me tapant sur l'épaule.

– Prends soin de toi, a ajouté Lily.

Elle est restée quelques instants devant moi, comme si elle ne savait que faire. J'ai penché la tête sur la gauche, ce qui signifiait : « Prends soin de toi, surtout. Au revoir, à bientôt, c'est fou que tu partes vraiment. » Je crois qu'elle n'a pas compris. Elle s'est retournée et elle a suivi le copain qui se dirigeait vers la porte.

« Regarde, dis-je à Agatha en levant le papier violet. C'est probablement l'emballage d'un bonbon, peut-être fourré au poivre. »

« Aha », répond Agatha.

« Charlie est sympa, mais je ne crois pas que nous retrouverons mon père. »

« Hum. »

« Tu n'es vraiment pas bavarde. »

« Il ne faut pas perdre espoir. »

Cette phrase pourrait être prononcée par Mme Nowak. Peut-être ne faut-il pas être trop exigeant avec les algues.

« Je vais m'allonger un peu. »

« Aha. »

– Gustav, je suis rentrée !

Nadiah passe une tête dans ma chambre :

– Tu parles d'une journée ! Ce foutu boulot finira par me tuer. Surtout mon chef. Qu'est-ce qu'il s'imagine ? Probablement rien du tout. Ta maman a bien de la chance d'être en vacances. Tu fais quoi, là, au juste ?

Je suis couché sur le ventre, le menton posé sur le dos de ma main, et je fixe le mur. Un jour, j'ai lu un livre dans lequel le héros avait des bras extrêmement longs, tellement que quand il marchait, il devait les nouer en boucle pour qu'ils ne trainent pas derrière lui. Il était toujours étendu par terre, mais sur le dos. Grâce à ses très grands bras, il pouvait toucher les cloques du papier peint sur le plafond. Je redresse la tête pour regarder Nadiah, puis je la laisse retomber.

– Qu'est-ce que tu fabriques dans ton lit ? s'exclame Nadiah. C'est les vacances. Il fait beau. Tu ne préfères pas jouer dehors ?

Je secoue la tête et mes phalanges appuient désagréablement sur mon front.

– Comme tu veux. De toute façon il est tard. Je prends une douche, je me pose un peu sur le canapé, puis on pourra manger. Ensuite, je dois ressortir. On m'a collé les bureaux, cette semaine.

C'est pareil pour Lily. Quand on lui colle les bureaux, elle doit travailler le soir. Pour les cinémas, c'est tôt le matin, vers cinq heures, et pour les écoles, en fin d'après-midi plutôt.

On sonne à la porte. Une fois. Deux fois. Je me lève et je sors de ma chambre. Je décroche l'interphone. J'écoute.

– Salut ! fait une voix qui ressemble beaucoup à celle de Charlie. C'est dur l'interphone quand on ne parle pas, hein ? Ouvre-moi !

Je presse le bouton et la porte de l'immeuble se déverrouille. Charlie grimpe l'escalier en un temps record et pourtant elle est à peine essoufflée en arrivant en haut.

– Surprise ! s'écrie-t-elle. Je voulais voir comment tu vivais et je me suis dit qu'on pourrait trainer un peu ensemble. En plus, je m'ennuyais à la maison. Papa est toujours en crise. Ça ne se passe pas comme il veut, son exposition. Depuis plusieurs jours, maman passe son temps à faire de la méditation des chakras, pour remettre de l'ordre dans ses vibrations, ou un truc du genre. Je peux entrer ?

Je hoche la tête et elle se faufile à l'intérieur. Elle retire ses baskets et laisse tomber son sac à dos par terre. Elle porte une casquette de capitaine et un T-shirt rouge vif. Comme toujours, semble-t-il, il est beaucoup trop long, tellement qu'elle n'a pas de pantalon. Je pense que dans son placard, elle n'a pas de T-shirt à sa taille, et probablement aucun pantalon.

– Alors t'habites là ? Il y a beaucoup de marches, dis donc. Ça permet de garder la forme. Je boirais bien un verre d'eau. C'est possible ?

Je lui en tends un.

Qui t'a dit où j'habitais ?

– Toi ! répond-elle.

J'acquiesce, même si je ne m'en souviens pas du tout.

– Où est ta chambre ?

Je la lui montre et j'ai une sensation étrange parce que pour la première fois depuis longtemps, une personne qui n'est pas un adulte entre dans cette pièce. Charlie reste plantée au milieu et tourne lentement sur elle-même pour l'examiner en détail. Les livres sur les étagères, le poster du réseau des canaux d'Allemagne, les bateaux dans les bouteilles.

– Toi, tu aimes bien collectionner, conclut-elle.

Toi, tu aimes bien observer, écris-je.

Elle hoche la tête et sourit.

– Raison pour laquelle je suis une si bonne détective, ajoute-t-elle.

Je fais la moue sans le vouloir, parce que je suis trop content qu'elle soit là. J'en ai des fourmillements de joie dans le ventre.

– Pas de souci. Je ne vais pas remettre ça, déclare Charlie. Je sais que tu ne me crois pas. Je ne suis pas venue ici pour ça. Ta maman est là ?

Je secoue la tête.

Elle est partie en vacances. L'une de ses amies s'occupe de moi.

Le sourire de Charlie s'élargit encore plus, et ses yeux scintillent, comme si elle avait un très bon plan en tête. Elle me passe devant et entre dans le salon. Je la suis. Elle est déjà assise à côté de Nadiah.

– Il est super, votre turban, fait-elle.

Et elle lui tend la main. Nadiah semble perplexe. Elle regarde Charlie, puis ses yeux se dirigent vers moi et elle lève les sourcils. Enfin, elle serre la main de Charlie.

– Vous vous connaissez de l'école ?

– Oui, je suis dans une autre classe. Il y a quelques semaines, je me suis retrouvée à côté de Gustav, je dois avouer que sinon, je ne l'aurais jamais remarqué. Ce n'est pas le garçon le plus bavard de la terre.

Elle éclate de rire et Nadiah rit aussi.

– Mais revenons à ce jour-là. Je me suis plainte que j'avais oublié d'emporter mon déjeuner, et Gustav a coupé sa barre de céréales en deux et m'en a tendu la moitié.

– C'était gentil, commente Nadiah.

Je songe : « C'est un mensonge surtout. »

– Je ne savais pas que tu avais une copine, Gustav, ajoute-t-elle.

Je fais la grimace. Nadiah rit.

– Veux-tu diner avec nous ? propose-t-elle à Charlie.

– Avec plaisir, répond celle-ci.

Je crois que je me sens comme ces gens qui ont le sentiment d'être dans le mauvais film.

– Que font tes parents ? poursuit Nadiah.

– Ma maman est prof de yoga et naturopathe. Elle donne des cours chez nous, à la maison, et parfois aussi dans un centre de médecine alternative. Vous en faites, du yoga ? Si ça vous tente, ce ne sera pas un problème. Et mon papa est artiste.

– Oui, le yoga, pourquoi pas. Ce serait pas mal.

L'échange dure un bon moment ; au bout d'un certain temps, je suis moins attentif. Elles parlent encore un peu des parents de Charlie, puis du travail de ma mère, de l'école ou de ce que Charlie doit faire pendant les vacances, des matières qu'elle n'aime pas et d'autres sujets du même style. Ensuite, Nadiah se lève pour mettre la table et Charlie lui donne un coup de main. À aucun moment elle ne se montre malpolie, elle sourit tout le temps, et parfois elle fait une plaisanterie qui amuse Nadiah.

Au menu, il y a une poêlée de légumes que Nadiah a préparée chez elle. Elle cuisine mille fois mieux que ma mère. Déjà, elle cuisine.

– En fait, j'ai une question, commence Charlie en se tournant vers Nadiah. Je sais que ça peut sembler un peu bizarre parce que nous nous connaissons à peine, presque pas d'ailleurs. Et aussi, tu n'as pas rencontré mes parents, et tu viens juste de faire ma connaissance, raison pour laquelle Gustav n'a pas voulu t'en parler, mais tant pis, je me lance, parce que ce serait trop bien s'il venait avec nous.

Je la fixe. Je n'ai pas la moindre idée de ce qu'elle raconte. J'avais sans doute raison, elle est vraiment folle. En même temps, ça aurait été bizarre qu'une personne saine d'esprit accepte d'être mon amie.

– Alors voilà, poursuit-elle, mes parents, mon petit frère et moi, on part tous les étés dans l'Uckermark. On campe au bord d'un lac. On reste une semaine, parfois deux quand le temps et l'humeur sont au beau fixe. C'est vraiment super là-bas, parce qu'on peut se baigner, faire du vélo et passer nos soirées autour d'un feu de camp. Et ce serait encore plus super si Gustav pouvait venir avec nous. Mes parents l'inviteraient. Ils se réjouissent toujours quand l'un de mes amis nous accompagne, parce que comme ça, je ne les embête pas.

Les parents de Charlie font du camping ? Dans l'Uckermark ? Tous les étés ? Et cette année aussi, malgré l'exposition du père de Charlie ?

« Il y a quelque chose qui cloche », dis-je à Agatha, même si elle est dans ma chambre.

– C'est une proposition intéressante, convient Nadiah. Pour une fois, Gustav, sortir ne te ferait pas de mal. Je ne sais pas si ta mère sera d'accord, mais je vais l'appeler ce soir. Je ne vois pas pourquoi elle dirait non.

– Tu as toujours envie de venir, hein ? interroge Charlie en me donnant un coup de pied sous la table.

Je hoche la tête pour peut-être la centième fois aujourd'hui, mais là, je souris en plus, parce que je sens que je dois sourire puisqu'il semblerait que je vais partir en vacances.

– Génial ! s'exclame Charlie. Demain, on prend la route. Départ à dix heures, rendez-vous à la maison. J'ai écrit mon adresse ici, Gustav, au cas où tu l'aurais oubliée. Et là, c'est le numéro de ma maman. Si vous avez des questions, vous pouvez l'appeler.

Charlie me tend le papier avec l'adresse et donne le numéro de téléphone à Nadiah.

– Bon. Il va falloir que je songe à rentrer chez moi, annonce Charlie, sinon mes parents vont s'inquiéter. Merci beaucoup pour le diner. Je reviendrai sûrement bientôt. À demain, Gustav. Bonne nuit.

– Bon retour, lance Nadiah. Remercie tes parents.

– Il n'y a pas de quoi, répond Charlie.

Puis elle s'en va et me laisse dans le brouillard.

HUIT

« *Sinon mes parents vont s'inquiéter.* C'est quoi, ces bêtises ? Et pourquoi ? A-t-elle donc tant envie que ça de m'emmener en vacances avec elle ? »

Je pose ces questions à Agatha, qui est par terre, à côté de mon lit.

« Aucune idée, répond-elle. Je peux venir aussi ? »

« Bien sûr. Demain, je chercherai un seau pour te transporter. »

« OK. »

Je peux partir. Nadiah a parlé à Lily qui lui a donné son accord. Elle était plutôt contente. J'ai pris le téléphone quelques instants. Elle m'a dit que c'était bien que j'aie des amis et que du coup, je pouvais me remettre à parler. J'ai secoué la tête, mais ça, elle ne pouvait pas le voir.

– Ah, Gustav, a-t-elle lâché.

Et elle a poussé un long soupir sonore.

– Amuse-toi bien. Tu vas certainement passer de super vacances.

« C'est la première fois que je pars en vacances », déclare Agatha.

C'est une phrase follement longue pour elle.

« Il y a un truc bizarre », dis-je.

« Tu n'as qu'à appeler le numéro que Charlie a laissé », suggère-t-elle.

Et encore une fois, sa remarque est très astucieuse. Je me lève et je me glisse dans le salon. Nadiah est allongée sur le canapé. Elle dort. La télévision scintille et projette des lumières sauvages sur son visage. Je saisis avec précaution le papier qui est posé sur la table basse. Puis je retourne dans ma chambre et je compose le numéro. Une annonce se déclenche aussitôt : *Votre correspondant n'est pas joignable à ce numéro*. Je raccroche.

« Je le savais. Il y a quelque chose qui cloche. Mais qui cloche vraiment. »

« Charlie ment très bien », remarque Agatha.

« Tu l'as dit ! Il faut qu'on dorme maintenant. Demain sera une grosse journée, je crois. »

« OK », acquiesce Agatha.

« Bonne nuit », dis-je.

« Oui », répond-elle.

Liste de ce que j'emporte :

• Ma brosse à dents. (Comme je n'ai jamais campé, je ne sais absolument pas de quoi on a besoin. Une brosse à dents, ça peut toujours servir.)

• Toutes mes économies. (« Prends tout l'argent et les pesetas que tu peux trouver. Le monde extérieur est dur et il veut que tu paies cash », m'a écrit Charlie.)

• Agatha. (En bas, dans l'enclos des poubelles, plus précisément dans le tas d'ordures que les gens déposent toujours à côté des containers, j'ai trouvé un seau, dans lequel il y avait de la salade de pommes de terre. Beaucoup de salade de pommes de terre, vu sa taille. J'ai prélevé du sable sur le terrain de jeu et je l'ai réparti au fond, puis j'ai rempli le seau avec de l'eau. Maintenant, Agatha dispose d'une maison de voyage tout à fait convenable.)

• Une valise-de-secours-spécial-ramassage. (Il s'agit d'une création personnelle, dans le cas où les objets que je vais trouver pendant le voyage ne tiendraient pas dans les poches de mon pantalon. J'ai choisi un vieux coffret de jeux, un peu plus grand qu'un livre, et j'ai mis à l'intérieur les petits papiers, les sachets en plastique et un stylo.)

• Une lampe de chevet (contre l'obscurité).

• Des ciseaux et de la ficelle (on ne sait jamais).

• Un puzzle de chiens de deux-mille pièces (au cas où on s'ennuierait).

• Du papier pour faire des bateaux en papier.

• Une gourde de Capri Sun Orange (si j'ai soif).

• Une boîte à gouter avec des provisions (des tartines beurrées).

• Un maillot de bain.

• J'aurais bien emporté la table de nuit pour ranger mes affaires, mais elle ne tient pas dans ma valise et je ne peux pas la prendre à la main parce que je dois déjà porter la lampe de chevet.

• Un nouveau carnet de notes qui, à partir de maintenant, servira de journal de bord pour le voyage.

NEUF

J'aperçois de loin le minibus Volkswagen rouge des parents de Charlie. Puis je vois papi. Il est au volant.

« Je le savais, dis-je à Agatha. Quelque chose ne tourne pas rond. »

Agatha, qui ne voit rien dans son seau, se contente de lâcher :

« Hmm. »

Papi est assis bien droit, il a un chapeau claque sur la tête et il tourne le volant dans tous les sens.

– Salut, Gustav, s'écrie-t-il quand j'arrive. C'est lourd tous ces bagages, on dirait ?

Il me dit ça comme si c'était la chose la plus normale du monde. Comme si on ne se voyait qu'aux points de rendez-vous, les jours de départ.

– Gustav !

Charlie sort de la maison devant laquelle le bus est garé, un énorme sac de marin sur le dos et une grande bulle de chewing-gum devant le visage.

– Changement de programme. Monte. Qu'est-ce qu'il y a dans le seau ?

Charlie peut effectivement parler et faire des bulles de chewing-gum en même temps. Je pose la valise et le seau, pour taper une réponse, mais elle est plus rapide.

– Génial, Gustav ! Vraiment génial !

Elle tapote délicatement Agatha avec son doigt.

– Et très bonne idée, la lampe. On a toujours besoin de ce genre de matériel quand on est en déplacement.

Je hisse ma valise dans le van et je m'assois sur la banquette arrière. Derrière, un matelas a été installé.

– Là, ce sera notre camp de base, explique Charlie qui a suivi mon regard.

J'ai posé Agatha près de moi sur le siège, Charlie s'est installée à l'avant, à côté de papi.

– Tout le monde est là ? demande-t-il.

– Oui, mon capitaine ! répond Charlie.

– Le capitaine, c'est toi, lance papi.

Charlie hoche la tête et sourit, radieuse.

– Alors, mes parents devaient venir, mais ils ne peuvent pas parce que les vibrations de maman ne sont pas encore purifiées et papa est toujours en crise, donc j'ai pensé que j'allais demander à ton grand-père.

« Quelque chose ne va pas, non ? » dis-je à Agatha.

« Je suis dans le seau », répond-elle.

« Oui, mais maintenant, c'est un aquarium de voyage. Qu'est-ce qui ne va pas, là ? Charlie ment, en fait. »

« Les panneaux », indique Agatha.

« Qu'est-ce qu'ils ont, les panneaux ? Tu pourrais parler un peu plus, des fois. »

« Les panneaux de signalisation », précise-t-elle alors.

Je les observe et je m'aperçois qu'elle a raison. Nous allons dans le mauvais sens. Nous roulons vers la forêt de la Sprée, c'est-à-dire que nous descendons quasiment en biais au lieu de monter, comme on devrait le faire pour aller dans l'Uckermark.

On s'est trompés de direction.

Je me penche vers l'avant et je tends mon téléphone à Charlie. Elle lit ce que j'ai écrit et me le rend. Elle regarde par la fenêtre, puis elle fait la grimace, se retourne et me sourit :

– Ça dépend. En vrai, on va dans la bonne direction. Disons que cette histoire d'Uckermark était juste une petite astuce pour que tu m'accompagnes.

« Dommage, dit Agatha, je serais bien allée dans l'Uckermark. »

– Je ne voulais pas te mentir, ni à Nadiah, mais je n'ai pas pu faire autrement, continue Charlie. Tu n'y crois pas, alors, tu n'aurais jamais demandé à Nadiah et tu ne serais jamais monté dans cette voiture. J'ai dû tricher. On doit le faire parfois.

Je fixe Charlie droit dans ses yeux sombres.

– Nous allons en Slovaquie. Pour retrouver ton papa. Peut-être qu'il y est encore ? Ou quelqu'un qui se souvient de lui, au moins.

Pourquoi ?

– Pourquoi quoi ? Pourquoi je t'ai quasiment enlevé ? Pourquoi j'ai convaincu ton papi de faire tout ça, alors que je te connais à peine ?

Je hoche la tête.

– D'abord, parce que tes vibrations me révèlent que tu veux retrouver ton papa. Ensuite, parce que je ne supporterai pas mes parents un jour de plus, vraiment. Troisièmement, parce que j'ai toujours voulu être détective. Ce métier ne compte pas assez de femmes. Enfin, parce que je crois qu'il est important d'agir. Quand on a quelque chose sur le cœur, on doit le dire. Quand quelque chose est important à nos yeux, on doit le défendre. Quand on ne veut pas quelque chose, on doit dire « non » clairement et à voix haute. Quand on a des questions brulantes, on doit les poser, et si on n'obtient pas de réponses, on doit les chercher nous-mêmes.

– Ton amie a raison, approuve papi. Elle est très courageuse. Tu as de la chance, Gustav.

Un papi que je ne reconnais plus. Ai-je de la chance ou bien est-ce l'idée la plus stupide du monde ?

– Respire, Gustav, me conseille Charlie. Tiens, c'est de la part de ma maman.

Elle me tend une chaine sur laquelle se balance un pendentif rond en bois qui ressemble à un morceau de branche.

– C'est du cèdre. Maman dit qu'il faut avoir confiance et si tu n'y arrives pas, tu mets ce collier autour du cou et il t'aidera. En plus, il intercepte les mauvaises énergies cosmiques.

Je mets donc la chaine, je respire et j'attends que les mauvaises énergies cosmiques soient interceptées, puis je respire, et je regarde papi qui a l'air bien différent d'hier dans sa maison de retraite. Comme s'il était un nouvel homme. Même s'il a toujours la même tignasse blanche ébouriffée sur la tête, le même grand nez, les mêmes grandes oreilles et toujours autant de rides, ce n'est plus le même, et je pense d'abord que c'est parce que je ne l'ai jamais vu conduire une voiture. Mais il y a quelque chose de plus, comme si l'air autour de lui était différent, comme s'il le chatouillait, comme s'il pétillait. Peut-être est-ce toujours ainsi quand on part à l'aventure, peut-être que les aventures changent quelque chose dans l'air qui flotte autour des gens. Je ferme les yeux et je me concentre, très fort, puis j'attends de sentir aussi l'air me chatouiller.

DIX

Je suis réveillé par Charlie qui chante fort et faux.

– *A hundred miles, a hundred miles, a hundred miles away from home.*

Elle rit, papi aussi, et moi, je tourne la tête de gauche à droite, car mon cou est drôlement raide.

– Bienvenue en Pologne ! s'écrie Charlie.

Elle m'observe dans le rétroviseur en souriant. La Pologne. Je sais que ce pays se trouve juste à côté de l'Allemagne et que Janosch, l'écrivain, y est né. Les livres de lui que je préfère sont *Tout est si beau à Panama* et *Le cirque*.

Voilà, je n'en sais pas plus sur la Pologne, sauf peut-être qu'on y parle polonais, mais ça, tout le monde est au courant, j'imagine.

– Je dois reconnaitre que Charlie a d'excellents gouts musicaux, déclare papi.

Elle a remonté ses jambes. Ses pieds, posés sur la boîte à gants, se balancent en rythme. Ses cheveux forment un tas retenu par un foulard bleu. Elle donne un coup à l'épaule de papi. On dirait qu'ils sont amis depuis toujours.

– Au fait, commence-t-elle en se retournant vers moi. J'ai pensé à un truc : tu peux parler maintenant. Ta maman n'est pas là. Je ne dirai rien, je te le jure.

– Pas un mot ne sortira de ma bouche non plus, enchérit papi.

Je secoue la tête.

– Mais pourquoi ? demande Charlie.

Je tape la réponse sur mon téléphone que je tends vers l'avant :

Question de principe.

Je songe que rien n'a changé pour l'instant. Il n'y a aucune amélioration, loin de là.

– Celui qui s'accroche trop aux principes se durcit à l'intérieur, répète toujours maman.

– Laisse-le, conseille papi. De toute façon, ça ne ferait pas une grosse différence. Gustav n'a jamais été très bavard.

– D'accord, acquiesce Charlie. Pour l'instant. Mais ne te crois pas tranquille pour toujours.

Elle me regarde dans les yeux et tend l'index vers moi.

– Ça ne se passera pas comme ça.

Et je la crois aussitôt sur parole.

– Les enfants, il faut qu'on s'arrête, annonce papi. Je dois faire le plein et une pause. J'ai perdu l'habitude de conduire et j'ai besoin de respirer un peu d'air frais et de boire un café.

Nous bifurquons, papi arrête la voiture, puis il sort pour mettre de l'essence dans le réservoir. Tout ça est fou, et j'ai l'impression de rêver parce que je n'ai encore jamais vu papi garer une voiture, ni en descendre. Tout, tout, tout est nouveau.

– Tu veux y aller aussi ? demande Charlie.

Je hoche la tête, je détache ma ceinture, je saute de voiture et je pose mon pied pour la première fois sur le sol polonais. Il me donne exactement la même sensation que le sol allemand. Je ne ressens rien de plus. Je m'attendais à autre chose, parce que c'est la première fois que je m'éloigne autant de la maison.

– Je commence par le plein, ensuite je me gare sur une place de parking et je me dégourdis un peu les jambes, annonce papi.

– Bien, commente Charlie.

Elle me passe devant et prend la direction des toilettes en sautant à cloche-pied. Les sanitaires comptent six cabines et deux lavabos, je remarque également trois affiches publicitaires que je ne peux pas toutes lire. Dans ma cabine, quatre rouleaux de papier de rechange sont posés sur les toilettes, et pour se sécher les mains, il y a un distributeur d'essuie-mains. Charlie attend devant la porte.

– Regarde !

Elle désigne une machine attrape-peluches où avec une pince et beaucoup de chance on peut gagner un animal en peluche. Tout en haut, se trouve une pieuvre grise à pois orange de belle taille. Je suis certain qu'aucune pieuvre au monde ne lui ressemble.

– Cool, hein ? lance Charlie. Je la voudrais bien. Elle n'est vraiment pas à sa place là-dedans. Elle doit être malheureuse parce que les autres animaux ne la supportent pas. Tu penses que je peux l'attraper ?

Je secoue la tête. La probabilité de sortir un jouet de ces machines est très faible.

– Eh bien, je vais te prouver le contraire ! s'écrie Charlie. Tu te rappelles ce que je t'ai dit à propos de l'univers ?

Elle s'avance vers l'automate, introduit une pièce de deux euros et commence à déplacer la pince. Avec beaucoup de précaution, elle manipule la manette d'avant en arrière, puis elle laisse descendre le crochet. Il attrape un bout de l'animal mais celui-ci retombe sur le tas.

– Flute ! OK, je recommence.

Elle réessaie, mais la pince glisse encore au dernier moment. Charlie insère à nouveau de l'argent et n'attrape toujours rien.

– Crotte ! Allez, ça va bien finir par marcher !

– Alors comme ça, elle a aussi la fibre d'un vrai joueur ! s'écrie papi.

Soudain, il est à côté de nous. Il colle son visage contre la vitre.

– C'est la pieuvre que tu veux ?

– Oui, mais je n'ai pas la fibre d'un vrai joueur, parce que je n'arrive pas à l'attraper.

– Laisse-moi faire.

Charlie remet une pièce et cette fois, papi est aux commandes. Il guide la pince vers la tête de la pieuvre. Il la saisit, la soulève et la laisse tomber dans le tiroir. Près de moi, Charlie pousse un cri à mi-chemin entre le rire et le couinement. Nous quittons la station-service à quatre. Papi, Charlie, moi, et la grande pieuvre sous le bras de Charlie.

– Je vais l'appeler Vida. La reine des mers. Juste pour que vous le sachiez.

Nous montons en voiture, j'attache ma ceinture de sécurité, Charlie aussi.

– Tout le monde est là ? demande papi.

Je hoche la tête. Charlie aussi.

– Tout le monde est là, annonce-t-elle, la pieuvre sur les genoux.

Et papi démarre.

ONZE

Nous traversons de petites villes, des montagnes et des villages qui laissent place à des maisons isolées. Ensuite, il n'y a plus que des champs, des bois et des fleuves bleu sombre. Nous roulons jusqu'à ce que les routes deviennent cahoteuses. À côté de moi, Charlie mâche du chewing-gum. Elle teste combien de Malabars elle peut faire tenir dans sa bouche. Cinq pour l'instant. La pieuvre est assise devant, à côté de papi.

– Une barre chocolatée ? propose Charlie.

De la caisse remplie de provisions rangée à ses pieds, elle prélève régulièrement quelque chose de nouveau à manger. Je secoue la tête.

– C'est là ! s'écrie papi.

Il tend l'index vers un lac scintillant. Entre des arbres et quelques collines, on aperçoit des cabanes en bois multicolores. Plusieurs caravanes sont garées à côté. Des enfants jouent au football, ce qui, pendant un instant, me rappelle mon quartier. J'ai l'impression d'habiter sur une autre planète.

– Le foot est une vraie plaie, décrète Charlie. Le basket, c'est beaucoup plus cool.

Je me promets de vérifier un jour par moi-même. Papi se gare et nous descendons du minibus. Nous devons avoir une allure très étrange, papi avec son pantalon en satin framboise, qui, me semble-t-il, est un bas de pyjama, son maillot de corps blanc, et son chapeau claque, Charlie avec son T-shirt et sa casquette de capitaine, la pieuvre dans les bras. La chaine qu'elle porte à la cheville est une nouveauté. Elle l'a fabriquée elle-même pendant le trajet. (Il lui a fallu beaucoup d'adresse, car les perles menaçaient sans cesse de tomber et à chaque nid-de-poule, elles s'échappaient du fil. Malgré tout, le résultat est joli.) Quant à moi, je porte un short en molleton bleu et un T-shirt blanc, maculé déjà de quelques taches – de jus d'orange, par exemple. J'ai aussi un chapeau de paille sur la tête que Charlie a pris pour moi.

– Pour que tu n'attrapes pas une insolation qui te rendrait encore plus maboul, a-t-elle expliqué sans la moindre méchanceté.

Les enfants qui nous regardent approcher affichent un air très perplexe. Le ballon de foot reste immobile au sol, personne ne s'y intéresse plus. Une fille accourt.

– *Ahoj !* lui lance Charlie.

– Tu parles slovaque ? s'étonne papi.

– Je me suis documentée, bien sûr.

– *Ahoj*, répond la fille.

Charlie sort son téléphone. Elle tape : *Nous nous appelons Joseph, Charlie et Gustav*, et elle appuie sur le haut-parleur. *Nazvali sme sa Charliea a Gustava a Jozefa*, traduit une voix d'ordinateur. La fille éclate de rire.

– Camilla, lance-t-elle en posant son doigt sur sa poitrine.

Charlie sourit :

– Cool !

Puis elle tape sur son écran :

Nous cherchons un certain Philou.

Camilla la regarde, puis elle détale à toutes jambes.

– Hum, fait Charlie. Bon ou mauvais signe ?

– Je crois que je vais me faire couper les cheveux, annonce papi.

Charlie et moi tournons la tête vers lui en même temps. Il acquiesce, plutôt pour lui-même d'ailleurs, puis il se met en route. Et je vois où il va : devant l'une des maisonnettes, un vieux monsieur est assis dans un fauteuil en peluche rouge tandis qu'une dame encore plus âgée coupe ses cheveux. Je fais quelques pas rapides et j'agrippe le bras de papi. Il me jette un regard d'abord abasourdi, puis, selon ses critères, relativement courroucé.

– Mes cheveux ont vraiment besoin d'une coupe ! proteste-t-il.

– Pas maintenant, Joseph, d'abord, notre mission, lui rappelle Charlie. De plus, on ne les voit pas, tes cheveux, avec le chapeau. Je te l'aurais dit si tu avais l'air idiot.

– Ah bon, lâche-t-il en tapotant son chapeau claque.

– Plus tard, précise-t-elle.

Le regard de papi se détend :

– D'accord. Allons voir Philou.

Il prononce Philou comme s'il avait peur. Au loin, un train siffle. Étrange qu'ici, au milieu de nulle part, il y ait des trains. Jusqu'à présent j'ai compté quatre enfants bouclés, trois maisons bleues et deux chiens qui paraissent sauvages, mais qui déambulent paisiblement au milieu des humains, la truffe collée au sol. Peut-être cherchent-ils quelque chose, exactement comme nous, sauf qu'avec leurs deux-cent-cinquante millions de cellules olfactives, la tâche est bien plus facile pour eux. Nous prenons la direction qu'a empruntée Camilla. Je donne un coup de pied dans une vieille cannette, qui s'envole assez loin.

– Bravo ! Bravo ! s'écrie Camilla, qui soudain réapparait de nulle part.

Elle pointe le doigt sur sa poitrine, puis à son tour, elle donne un coup de pied dans une cannette qui atterrit encore plus loin que la mienne. Cette fille a vraiment la pêche. J'applaudis et le sourire de Camilla s'élargit. Elle met ses mains l'une sur l'autre, les positionne au-dessus de sa tête et les penche un coup vers la droite, un coup vers la gauche. C'est sa façon de célébrer. Alors que je m'apprête à taper dans une autre cannette pour que cette affaire devienne un vrai match de foot (non, le foot n'est pas une plaie), Camilla dit :

– Philou.

Puis elle m'attrape par la main et m'entraine avec elle. Soudain, les battements de mon cœur couvrent tout le reste, ils bourdonnent en moi jusqu'aux extrémités de mes doigts et de mes orteils, je les sens même vibrer dans mon nez. Camilla me tire très fort et je dois prendre garde à ne pas trébucher et dégringoler. Charlie me rattrape, et je m'en réjouis, car cela signifie que je ne vais pas être tout seul quand je vais vivre le moment le plus intense de tous les temps.

– Qu'est-ce qui se passe ? Vous vous enfuyez ? interroge-t-elle.

Je hausse les épaules.

– Tu sais Gustav, dans certaines circonstances, tu devrais laisser tomber cette histoire de ne pas parler. Par exemple, pour me faire signe quand une inconnue est sur le point de t'enlever.

Je secoue la tête.

– Donc elle n'est pas en train de t'enlever. Alors quoi ?

Camilla s'arrête.

– Philou, répète-t-elle.

Et elle désigne une roulotte garée devant nous qui ne date pas d'hier. La peinture s'écaille sur le bois et ce qui a dû être jadis un bleu soutenu est désormais un bleu pâle et taché. Ici et là, on distingue encore les contours de planètes et d'étoiles, mais on voit bien mieux les traces de boue. Soudain, papi est à côté de moi. Il fixe la roulotte, met sa main devant la bouche et un bruit qui frappe directement au creux de l'estomac s'échappe de son corps. Charlie suit mon regard et s'écrie :

– Mais c'est quoi, cette famille ?

Je hausse les épaules. Papi, changé en statue, a les yeux rivés sur la caravane.

– Il arrive que des cirques prennent feu, déclare-t-il enfin, en reprenant un peu vie. Les accidents existent. Les escroqueries aussi. Quoi qu'il en soit, les chapiteaux et les caravanes ne sont pas les seules victimes, les rêves brulent aussi. Mais il en reste toujours quelque chose. Quelques roulottes que l'incendie n'a pas dévorées, et des fragments de rêves, blottis dans les cœurs.

– T'es toujours un vieux bavard sentimental, alors ?

Un homme se tient à la porte de la roulotte. Il est filiforme et se déplace comme un danseur. Ou comme un tigre. Il descend les deux marches avec souplesse.

Ses cheveux grisonnants qui lui arrivent aux épaules luisent de leurs derniers reflets noirs. Les rides sur son visage sont aussi profondes que celles de papi, et comme pour lui, elles semblent avoir été causées par trop d'éclats de rire. Mais une lueur qui ressemble à celle de la lune quand elle se reflète sur le canal brille dans son regard. Elle est présente dans les yeux de maman aussi, et dans ceux de papi quand il parle de tout ce qu'il n'aime pas dans sa maison de retraite et dans sa vie.

– Nous savons, toi et moi, qui de nous deux est le grand sensible, répond papi.

Ils restent face à face et s'observent.

– Regarde les nuages, dit Charlie en me donnant un coup dans les côtes. Ils s'envolent, comme s'ils voulaient que ce duel de regards se déroule sur une toile de fond aussi bleue que possible.

Elle me sourit et je me sens apaisé, même s'il se passe des choses dont je ne connais pas le sens. Je lui tends mon téléphone où j'ai écrit :

Ce n'est pas un duel de regards.

– Comment tu le sais ?

Papi et Philou font deux pas l'un vers l'autre et ils se tombent dans les bras. Ils se tapent dans le dos,

Philou attrape papi, l'éloigne un peu, le scrute, puis ils s'enlacent de nouveau.

– Mon vieux grigou ! lance Philou.

– Ça fait si longtemps…

– Oh oui.

Philou dévisage papi :

– T'es devenu drôlement vieux, dis donc !

Papi boxe gentiment son épaule. Philou s'apprête à contre-attaquer mais papi esquive et, habile, il fait deux pas vers Philou. Il lui passe le bras autour du cou et lui frotte les cheveux avec le poing.

– Vieux, mais toujours costaud !

Puis il le libère. Philou le fixe, amusé.

– Voulez-vous un thé ? demande-t-il ensuite.

Papi et moi acquiesçons.

– Et des réponses, précise Charlie en tapant légèrement du pied.

– D'accord, fait Philou.

Il tend l'index vers des chaises métalliques branlantes disposées autour d'une table en métal encore plus branlante et déclare :

– Asseyez-vous.

Puis il disparait dans la roulotte aux étoiles.

– Philou sans thé à la rose, ce serait comme la terre devenue plate, explique papi. Il en a toujours fait. C'était sa spécialité. Avec les lions.

– Les lions ? s'étonne Charlie pendant que je trace des cercles dans la poussière avec mon pied gauche.

– Oui, confirme papi, les lions.

Et il jette un coup d'œil à la roulotte.

– C'était lui le meilleur, à l'âge d'or du Capriola. Et probablement avant et après. Il avait une relation incroyable avec les animaux, c'était comme s'il était l'un des leurs. D'ailleurs, *il était* l'un des leurs. Il n'a jamais eu besoin d'utiliser la violence. Il lui suffisait de leur parler.

– Il lui suffisait de leur parler ? répète Charlie, sceptique.

– Crois-le ou non, c'est vrai, acquiesce papi avec détermination.

J'arrête de dessiner des cercles et j'observe la roulotte, les montagnes derrière, le visage de Charlie qui est maculé de poussière, et celui de papi, qui scintille presque autant que l'air. Manifestement, il est possible que tout soit vrai. Mais tout ce qui semble vrai peut aussi être faux.

– Ses numéros étaient tout simplement géniaux, poursuit papi. Si vous aviez vu ta grand-mère, Gustav ! Elle sursautait à chaque fois que les lions ouvraient la gueule et rugissaient, et à d'autres moments elle s'émerveillait devant la beauté et la grâce de ces animaux. Cette étincelle dans ses yeux, quand elle se penchait en avant, fascinée… Combien de fois suis-je resté derrière le rideau pour l'observer ! Philou était une star. Même parmi les dresseurs de lions qui ne s'appréciaient guère, sauf pour un combat à mains nues, il n'avait que des admirateurs. Et pourtant il a toujours voulu devenir funambule. Mais c'est ainsi, on aspire à quelque chose alors qu'en réalité, on excelle dans un autre domaine.

– On rêvait tous de devenir funambule, non ? lance Philou.

Il sort de la caravane avec un plateau argenté où sont posés une théière et cinq petits verres.

Toi aussi ?

Je tends mon portable à papi. Il secoue la tête :

– Pas moi. Clown un jour, clown toujours.

– Menteur ! proteste Philou. Bien sûr qu'il voulait être funambule ! Ne vous en laissez pas conter, ce voyou est maitre dans l'art de la tromperie. Il pourrait donner des leçons à un prestidigitateur ! Tout le monde veut être funambule. Parce que ce sont eux qui impressionnent le plus les filles. Mais on est ce que l'on est. Dompteur ou bien clown. Et Joseph n'aurait jamais pu être autre chose que clown.

– Regarde-nous aujourd'hui, soupire papi. Regarde ce qu'on est devenus. Deux vieux schnocks, sans nez rouge, sans lions, perdus quelque part au bout de leur vie.

Pour la première fois depuis notre départ, il ressemble à l'ancien papi. Philou nous sert un thé qui sent vraiment la rose.

– Comment peut-on être vieux ou au bout du rouleau quand on est en voyage ? rit-il. Qu'est-ce que tu viens faire ici, d'ailleurs ? Pas simplement rendre visite à ton vieux copain, j'imagine.

– Nous sommes à la recherche du papa de Gustav, répond Charlie en se levant d'un bond. As-tu des informations à son sujet ? Quelque chose à nous dire ? Il s'appelle Emilio et le marchand de farces et attrapes nous a dit qu'il était venu ici il y a des années.

Philou se tourne vers moi, plisse les yeux et sourit :

– Alors comme ça, tu es le fils d'Emilio.

Je songe qu'il va probablement falloir que je m'habitue à ce que les gens m'appellent ainsi. J'acquiesce, papi aussi. Charlie sirote son thé. Elle est restée debout et elle agite son pied. Ça ne va pas assez vite pour elle. Rien ne va assez vite pour elle.

– Ça se voit, ajoute Philou.

Voilà encore une phrase avec laquelle je vais devoir me familiariser.

– Tu vis ici maintenant ? demande papi.

– Depuis longtemps, répond Philou. Depuis que tout s'est arrêté pour le Capriola, après que j'ai commis l'inimaginable et que l'incendie s'est déclaré.

Il fixe le sol.

– Jolene et moi avons voyagé quelque temps, puis cet endroit nous a plu. À cause des montagnes et de la façon dont le sol se plisse sous l'effet du vent.

– Comment va Jolene ?

– Bien. Sauf les signes classiques de l'âge. Mal ici, mal là… Elle est au village. Elle aurait été heureuse de vous voir, toi et le fils d'Emilio. Nous n'étions pas au courant de votre venue.

Je trouve étrange qu'il existe des gens qui soient contents de me rencontrer, alors que moi, je n'ai jamais entendu parler d'eux. Des liens secrets dont je ne sais rien nous unissent. Comme des cours d'eau souterrains. Je bois une gorgée de thé. Le soleil peint la cime des montagnes de tons plus clairs. Camilla, assise sur sa chaise, sourit, peut-être parce qu'elle nous a rassemblés. Ou alors parce qu'elle s'imagine en train de marquer le but de sa vie.

– Oui, répond papi en hochant la tête. J'ai appris depuis quelques jours seulement que tu vivais ici. As-tu des nouvelles du Boss ?

– Non, répond Philou.

On dirait qu'ils ont fait ça mille fois, s'assoir quelque part et prendre un thé ensemble. Et c'est sans doute le cas. Tout comme je ne sais quasiment rien de mon père, je n'ai en réalité aucune idée de qui sont papi et maman.

– C'est quoi, *l'inimaginable ?* demande Charlie.

Peut-être a-t-elle senti aussi tous les secrets qui flottent autour de nous ? Elle pose directement la question sans prendre de pincettes.

– J'ai… enfin j'ai…, hésite Philou.

Il fixe ses mains posées sur ses genoux, puis il lève les yeux sur papi.

– Ça va aller, le rassure celui-ci.

– J'ai libéré mes lions.

– Tu as libéré tes lions ? s'étrangle Charlie. Mais pourquoi ?

Elle se laisse glisser sur le sol.

– Parce qu'ils étaient malheureux. Vois-tu, je n'ai jamais eu recours à la violence avec eux. Je n'ai jamais utilisé le fouet ni le bâton pour les faire obéir. Je ne les ai pas punis, je ne les ai pas forcés à faire quoi que ce soit. Mais ce n'est pas suffisant. Ce sont des animaux sauvages et ils n'ont pas leur place dans une cage. J'ai toujours senti qu'ils étaient tristes, et que ce que je faisais n'était pas juste. Sauf que pendant longtemps j'ai refoulé ces sentiments.

Mais une nuit, j'ai fait un rêve, je ne sais pas si c'en était vraiment un d'ailleurs, parce qu'il était très réaliste. En tout cas j'ai rêvé que je ne me réveillais pas dans mon lit, mais dans la cage de mes lions. J'étais roulé en boule, comme un chat, et je regardais le paysage à travers les barreaux de la cage. Les lions couraient à l'extérieur. Ils m'apportaient de la nourriture, ils changeaient ma paille et me laissaient sortir pour m'entrainer à exécuter des acrobaties. J'avais l'impression qu'ils voulaient m'apprendre à faire le poirier. Je ne savais pas exactement ce qu'ils cherchaient parce qu'ils me parlaient dans une langue que je ne comprenais pas. Et même si leurs voix étaient douces, et s'ils se montraient très patients avec moi, j'avais peur et j'avais la nostalgie de mon ancienne vie.

Le lendemain matin, tout était parfaitement clair pour moi : je ne pouvais plus faire semblant de l'ignorer. Mes lions méritaient la liberté. Alors je les ai laissés partir. Ce fut la fin de ma carrière de dompteur et très vite, celle de ma vie au cirque.

– Waouh ! s'exclame Charlie. Et ils sont heureux aujourd'hui ?

– Je ne sais pas. Je l'espère.

Philou lui sourit.

– Alors comme ça, vous êtes à la recherche d'Emilio ?

Il m'observe longuement tandis que j'acquiesce.

– Il n'est plus ici.

Ça, ce n'est pas un scoop.

– Depuis longtemps, complète-t-il. Il a pris la route avec Laszlo.

Papi fait la grimace. Philou lui fait un signe de tête et hausse les épaules.

– Je sais. Je ne sais pas ce qui lui a pris

– Qu'est-ce qui ne va pas chez Laszlo ? demande Charlie.

– Il était prestidigitateur. *Mage*, comme il disait. Mais l'un de ceux qui travaillent avec la magie noire. Un type aux allures de fantôme, auprès duquel on avait toujours froid. À l'époque, je n'ai pas compris Emilio. Et c'était loin d'être la première fois. Du coup, je l'ai forcé à me laisser une adresse. Je me suis dit : « On ne sait jamais. » Et en vérité, on ne sait jamais. Il s'avère qu'elle va vraiment être utile, cette adresse. Tentez votre chance, peut-être le retrouverez-vous là-bas.

Il rit.

– Je suis sûr que j'ai dans mes affaires une photo de lui. Quand on était jeunes. Attendez une minute.

Il disparait dans sa roulotte. Je prends la main de Charlie. Elle rit :

– T'inquiète, petit, il ne peut pas être si moche que ça !

Je lui tire la langue, elle serre ma main, puis Philou apparait à la porte et s'écrie :

– Je l'ai trouvée !

Je bondis et j'attrape la photo.

Deux hommes se tiennent devant un chapiteau de cirque. On ne voit que les rayures de la toile et pas grand-chose d'autre, mais eux, ils sont bien visibles. Le plus grand et le plus mince, c'est Philou, et l'autre… Pendant un temps, je me le représentais souvent. À quoi pouvait-il – devait-il – ressembler ? Ce que je n'avais pas hérité de Lily, je devais forcément le tenir de lui. Puis un jour, j'ai été en colère qu'il soit parti et j'ai arrêté de me l'imaginer. Je caresse la photo, je l'approche tout près de mon visage, je l'éloigne. Je déglutis plusieurs fois pour faire passer la boule coincée dans ma gorge, mais cela n'aide pas.

– Tes oreilles ! Tes drôles d'oreilles viennent de lui !

Charlie se penche sur mon épaule, elle est tout près de mon visage, elle sent la menthe et les fleurs.

– Regarde !

Elle tapote les oreilles de papa, qui sur la photo est vêtu d'une salopette mais ne porte pas de chemise. Son visage est orné d'une barbe fournie. Il rit à gorge déployée, un bras posé sur les épaules de Philou. Maintenant, Charlie touche mes oreilles.

– Les mêmes oreilles bizarres, un peu repliées. Et le même sourire aussi. Tu es exactement comme lui quand tu ris.

– Il ne riait pas souvent, précise Philou. Mais quand c'était le cas, il avait le rire communicatif.

– Comme toi, Gustav ! Comme toi !

Charlie sautille de nouveau, comme une balle rebondissante, et je me réjouis qu'elle soit si joyeuse parce que moi, je ne sais pas ce que je ressens. Je finis par hocher la tête après avoir fixé la photo un long moment. J'observe les autres. Charlie me regarde fièrement, je crois. C'était son idée de venir ici. Philou et Camilla discutent ensemble. Papi est assis sur sa chaise, les yeux dans le vide.

– Tu peux la garder, finit par annoncer Philou. J'ai mes souvenirs.

J'acquiesce et je glisse la photo de papa dans la poche de mon pantalon.

Alors que la nuit tombe, nous faisons un feu de camp, et soudain, nous sommes encerclés par un brouhaha de voix féminines et masculines. Nous portons des branches sur un tas de bois, puis nous aidons à préparer le repas. Nous nous amusons à nous bagarrer avec les autres enfants et les adultes nous grondent comme si nous les comprenions. Pendant un moment, on dirait que Charlie et moi vivons ici. Nous nous mettons à table et tous se lancent dans de grandes discussions. Je suis assis entre Camilla et Charlie et je compte soixante-treize étincelles dans le ciel étoilé. Puis je sors la photo de la poche de mon pantalon et je regarde cet homme. Est-ce que ça vaut la peine de continuer à le chercher ? De parcourir de long en large des pays inconnus ? Je songe au copain qui est en vacances avec Lily et la réponse surgit : oui. Puis je me demande si Emilio m'aimera, s'il aura envie de faire ma connaissance ou pas. Quelques personnes commencent à jouer de la musique, d'autres se mettent à danser. Deux, puis trois, puis de plus en plus. Philou les rejoint, papi se lève et danse avec eux. Leurs mouvements sont rapides et gracieux, ils claquent des doigts, ils éclatent de rire. Charlie se lève pour danser et moi, je les observe et je songe à notre appartement, à l'école, à la vue du balcon, au vent qui fait voler les feuilles sur le béton de la cour. Je me dis que tout ceci est bien loin et que je n'échangerais ma place pour rien au monde.

Je tape : *Demain, départ pour la Hongrie.*

Et quand Charlie se rassoit près de moi pour reprendre son souffle, je lui montre mon téléphone.

– On reprend la route, alors ?

J'opine de la tête.

– Tu vois. Ça marche comme ça. Tu es en train d'apprendre. Il suffit de s'accrocher. L'univers est au courant maintenant, comme dirait maman. On va le trouver. On va retrouver l'homme aux oreilles bizarres.

Elle éclate de rire et moi aussi.

À la fin de la soirée, il ne reste plus que Philou, Jolene, papi, Charlie et moi. Même Camilla est partie se coucher. Nous contemplons les braises du feu de camp qui rougeoient encore.

– Alors ? interroge papi dans un bâillement.

– On continue, annonce Charlie. Gustav l'a décidé.

– Très bien, acquiesce papi.

– Ah, soupire Philou. Repartir en voyage, comme avant…

– Cette bonne vieille nostalgie. Viens donc avec nous ! propose papi.

– Non. Ici, je suis chez moi maintenant. Voyager ne m'attire plus. Tu sais ce que c'est : on est des vieux maintenant.

– Je suis plus jeune et fringant que jamais ! proteste papi.

– Ah ça ! une vieille canaille comme toi ne sera jamais trop vieille pour rien. C'est comme ça chez les clowns. Tu n'as donc pas les problèmes de santé des vieux ?

Papi s'empresse de secouer la tête mais j'ai l'impression qu'il acquiesce dans ma direction.

– Bien, dit Philou, il est temps d'aller au lit. Il est tard, et je sais qu'un grand voyage vous attend demain. Faites la grasse matinée. Vous pouvez vous installer dans notre roulotte, on dormira à côté.

– Ce n'est pas nécessaire, assure papi.

– Si, si, insiste Jolene.

– C'est si rare que des proches me rendent visite. Jamais, en fait. Alors pour une fois que l'occasion se présente, je veux vous recevoir le mieux possible, ajoute Philou.

Papi se lève et le serre dans ses bras.

– Emilio n'était pas un mauvais bougre, déclare Philou, vraiment pas. Il ne parlait pas beaucoup et il avait un caractère particulier. Il avait ses défauts aussi, mais il l'a vraiment aimée, ça oui, et il ne lui aurait jamais fait de mal.

– Je sais, répond papi en baissant la tête.

– Il n'est pas trop tard pour beaucoup de choses, ajoute Philou.

Il me caresse les cheveux, puis il plonge la main dans sa poche et me tend un petit objet.

– J'ai entendu dire que tu étais collectionneur. Voilà un bouton de mon uniforme de dompteur. J'espère qu'il te portera bonheur et que vous retrouverez Emilio. Ce jour-là, dites-lui de revenir me voir, j'ai plusieurs réparations à lui confier. Je le paierai s'il est trop radin pour aider ses amis dans le besoin !

Il ricane avec malice et l'espace d'un instant, il ressemble comme deux gouttes d'eau au jeune homme de la photo.

– Bonne nuit, dit-il.

– Bonne nuit, dit papi.

– Bonne nuit, dit Charlie.

Je reste éveillé longtemps, papi ronfle, Charlie sursaute parfois. Peut-être est-elle en train de rêver qu'elle participe à un combat de boxe ou quelque chose comme ça. Je fixe le plafond de la caravane de Philou, puis j'examine le bouton qu'il m'a donné en plissant les yeux. Il est doré avec un P dessus. Le P de Philou. Je le remets dans ma poche, je me tourne sur le côté et je laisse ma main se balancer dans le seau d'Agatha.

« Je ne suis jamais allée en Hongrie », m'apprend-elle.

« Moi non plus », réponds-je.

« Bientôt », dit-elle.

« Oui. »

Dans ma tête, la musique et le rire de Philou résonnent encore autour de la photo de cet homme qui est mon papa.

DOUZE

Le lendemain, nous reprenons la route. Charlie dort, la tête posée sur le haut de ma cuisse, les jambes repliées, la bouche ouverte. Elle bave un peu, mais elle n'a pas l'air idiote pour autant. Charlie n'a jamais l'air idiote. Derrière nous, Vida est sur le lit, enroulée dans ses tentacules. Elle regarde vers l'avant. Agatha est à côté d'elle, son seau calé par des couvertures et des coussins pour qu'il ne se renverse pas. Papi fredonne à mi-voix sur la musique afin que Charlie et moi puissions dormir. J'observe le soleil qui trace son chemin de bas en haut et illumine un ciel sans nuages. Papi a entrouvert sa fenêtre, l'air, encore agréablement frais et clair, chatouille mon oreille gauche. Dans la poche de mon pantalon, il y a la photo et le bouton. Philou nous a redit au revoir ce matin, Camilla était là aussi. Papi et Philou se sont enlacés pendant au moins cent ans. Je crois que papi aurait aimé rester avec lui. Moi aussi, j'étais un peu triste de partir et de ne pas pouvoir les emmener avec nous. Ce serait bien qu'on puisse mettre les humains dans la poche de son pantalon.

Charlie cligne des yeux :

– Pétard ! Ta cuisse n'est pas un vrai oreiller !

Je lui passe l'un des coussins qui sont sur le matelas derrière nous. Elle le glisse sous sa tête.

– T'aurais pas pu me le donner plus tôt ?

Et elle referme les yeux. Je continue de regarder par la fenêtre. Nous passons le long d'innombrables et vastes prairies, parfois nous croisons un arbre ou deux. Je compte vingt-deux camions et quinze voitures. Ce n'est pas énorme. Parfois je pense à maman et à ce qu'elle dirait si elle nous voyait ici, quelque part en Hongrie, ce matin en Slovaquie et pas du tout dans l'Uckermark en train de camper. Mais quand j'aurai retrouvé Emilio et que je le ramènerai à la maison, tout ira bien, me dis-je avant que mes yeux se ferment.

Un coup dans l'épaule me réveille.

– Gustav ! Arrête de dormir, il est presque midi.

Charlie est assise près de moi maintenant et elle n'a pas du tout l'air endormie. Elle est même bien réveillée. Elle me tend une bouteille d'eau dont je bois une gorgée.

J'écris : *Je t'ai laissée dormir tranquillement, moi.*

Et je lui tends mon téléphone.

Elle le jette sur mes genoux.

– Moi aussi. Mais pas pour toujours.

– J'ai besoin d'un café et d'une pause, annonce papi. Le mieux, ce serait que l'un de vous deux apprenne à conduire, on pourrait se relayer au volant et on irait beaucoup plus vite.

– Je sais conduire, affirme Charlie.

Papi lui jette un regard dans le rétroviseur :

– Pourquoi ça ne m'étonne pas ? lance-t-il.

– Parce que je suis très intelligente.

Sur ses genoux, elle tient Vida dont elle agite les bras en l'air. Puis elle se gratte la tête avec. Papi éclate de rire.

Il bifurque et s'arrête sur une aire de repos. Il part chercher un café et nous nous asseyons à une table au soleil. Charlie est debout près de nous. Elle se lave les dents, crache le dentifrice dans l'herbe qui est plus marron que verte et elle se tourne vers moi :

– Il faut qu'on écrive à nos parents, surtout toi, à ta maman, pour lui dire qu'on va rester un peu plus longtemps dans l'Uckermark. Tu sais ce qui est pratique avec toi ? Comme tu ne parles pas, personne n'aura jamais l'idée de t'appeler. Sauf pour t'entendre respirer, mais il faudrait être vraiment dérangé pour faire ça.

Je prends mon téléphone dans la voiture et j'écris un SMS à maman.

C'est super l'Uckermark, les parents de Charlie sont gentils. On va rester quelques jours de plus. Gustav.

Je l'envoie, puis je tape :

Fait.

Et je montre mon téléphone à Charlie qui acquiesce.

– Que sais-tu de ce Laszlo ? demande-t-elle à papi.

– Pas grand-chose de plus que Philou. Je n'ai jamais pu le supporter. Il s'est toujours pris pour un cador avec sa magie, siffle-t-il avec mépris. Alors que franchement, pourquoi faire tout un plat de simples numéros de passe-passe. N'importe quel clown en connait, des tours !

Il ricane.

– Pourquoi le père de Gustav est-il parti avec lui ? interroge Charlie.

Papi lève légèrement les mains, hausse les épaules et me jette un coup d'œil. Un minuscule coup d'œil que je ne remarquerai pas, croit-il.

– Je ne sais pas. Emilio est le genre d'homme qui a constamment besoin d'avoir quelque chose à faire. Toujours sur la route. Incapable de trouver le repos. Un chatouillement au cœur le pousse à aller toujours plus loin.

– Exactement comme toi, remarque Charlie.

– Eh oui, soupire papi.

Il se racle la gorge :

– Autrefois, du moins.

– Que s'est-il passé ensuite ? interroge Charlie.

Papi la dévisage un long moment, puis il détourne les yeux et secoue lentement la tête.

– La vie. Des choses que l'on ne voit pas venir, l'impossibilité de savoir quelles conséquences auront vos décisions.

– Hé, vieil homme ! s'exclame Charlie en faisant glisser son poing sur la table. Le mystère s'épaissit encore ?

Papi fait une tête d'enterrement. Ses rides semblent encore plus profondes que d'habitude.

– On ferait mieux de reprendre la route, marmonne-t-il.

– Très bien, acquiesce Charlie. Mais un jour ou l'autre, tu seras obligé de parler. Tu ne pourras pas y échapper.

– J'en ai bien peur, soupire papi.

« Je me demande ce qu'il a encore à raconter », dis-je en pensée à Agatha.

« Les eaux calmes sont profondes », répond-elle.

« Je ne sais vraiment pas si j'ai envie de tout savoir. »

« Tu le sauras à la fin. »

« Oui, et on verra bien quelle tête elle aura, cette fin. »

TREIZE

Nous nous garons dans la rue principale du village et nous laissons Agatha et Vida dans le minibus. Dehors, la chaleur est vibrante. Il n'y a rien ni personne, à l'exception de maisons dont la plupart sont décrépites. À l'arrière-plan, les montagnes sont partout. Une pancarte, sur laquelle est inscrit *zatvorené*, est accrochée à la porte de l'auberge. Devant, trois bouteilles vides aux étiquettes décolorées attendent d'être jetées.

– On dirait un village fantôme, remarque Charlie.

J'opine de la tête.

– Ça doit être là-bas, tout au fond, fait papi en désignant le bout de la rue où cinq immenses sapins s'élancent vers le ciel.

Ils ressemblent à des géants de mauvaise humeur. Plus nous nous approchons, plus la maison qui se cache derrière les arbres se dévoile. Elle est toute de travers, comme si elle avait passé trop de temps sous le vent. Elle est aussi grise que les grands immeubles de mon quartier, mais elle est plus sale et elle n'a pas de balcon. L'une des fenêtres est recouverte d'une bâche noire. Autour de la maison, les déchets s'accumulent. Il y en a même dans la clôture. Des sacs plastique, des boîtes de conserve, des raisins pourris… À gauche de la façade, on peut voir une pierre avec des cercles gravés dessus. Tout parait sombre et abandonné.

– Pas très accueillant, souffle Charlie.

– Quand faut y aller, faut y aller, répond papi.

Il pousse le portillon, se glisse entre les sapins et se dirige vers la maison. Il faut vraiment que je m'habitue à ce nouveau besoin d'action de mon grand-père.

– Crotte ! lâche Charlie. Maintenant, on est forcés d'y aller.

Alors nous suivons papi. Il s'arrête devant la porte d'entrée, il frappe. Personne ne répond. Il recommence. Toujours rien. Charlie hausse les épaules. Je fais craquer mes doigts.

– On n'a qu'à entrer, annonce papi.

Il baisse la poignée. J'attrape la main de Charlie et je la serre un instant. Je ne sais pas si ce que papi est en train de faire est une bonne idée, j'ai l'impression que non. Il ouvre la porte. À l'intérieur, c'est le chaos. Des caisses sont empilées jusqu'au plafond. De vieux journaux et des livres trainent par terre. Une multitude de bougies sont éparpillées partout. Des bois de cerf sont accrochés aux murs et des oiseaux morts sont suspendus au plafond par des ficelles attachées à leurs pattes. L'air sent le renfermé. À l'autre bout de la pièce, un homme très pâle est assis en tailleur sur un lit, les mains sur les genoux. Il porte un pullover noir et un pantalon noir élimé. Il a des cheveux bruns mi-longs qui pendent en mèches graisseuses le long de son visage et des yeux bleus perçants.

– Qu'est-ce que vous fichez là ? grogne-t-il en se levant.

Il est si grand que sa tête touche presque le plafond.

– La politesse n'a jamais été ton fort, remarque papi.

– Qu'est-ce que tu me veux ? croasse Laszlo.

Sa voix est grave et éraillée, comme s'il ne parlait que très rarement.

– J'ai une ou deux questions à te poser, répond papi.

– Non, dit simplement Laszlo.

– Tu ne veux pas me dire bonjour d'abord ?

Charlie et moi restons derrière papi.

– Je ne te connais pas, assène Laszlo.

Il fait deux pas vers papi jusqu'à ce qu'il soit face à lui.

– Si, lance papi. C'est moi, Joseph.

Mais l'autre le scrute d'un œil soupçonneux. On dirait qu'il ne sait vraiment pas qui est papi et que sa patience est à bout, aussi.

– Souviens-toi, c'était il y a longtemps, insiste papi.

Il tapote la poitrine de Laszlo, comme s'il n'avait rien à craindre.

– Au Capriola, c'était moi, le clown.

Mon regard se pose sur les fusils appuyés contre le mur, près de la porte. Trois à gauche, deux à droite. Laszlo plisse les paupières et marmonne quelques mots inintelligibles.

– Et eux, c'est qui ? interroge-t-il en nous montrant du doigt.

– Mes petits-enfants.

– Ah, ah…

Manifestement, il a une dent contre les petits-enfants. Contre le monde entier, en fait. Charlie tire sur mon T-shirt.

Je me tourne vers elle. D'un signe de tête, elle désigne la table sur laquelle des bougies sont disposées en forme d'étoile, avec des pierres et des herbes aromatiques entre elles.

– Il va nous jeter un sort, souffle-t-elle.

Je ne réponds pas. Je ne bouge pas d'un pouce pour ne pas risquer d'énerver Laszlo.

– Tu n'en avais pas autrefois, grogne celui-ci.

– En effet, je n'en avais pas autrefois.

– Qu'est-ce que vous me voulez ?

– On pourrait peut-être s'assoir, non ?

– Je n'aime pas les visites.

– Ça, on a remarqué.

– Qu'est-ce que vous me voulez ? répète-t-il.

À rester planté là et à se répéter, il donne l'impression d'être un peu perdu, mais ça ne le rend pas moins menaçant pour autant.

– Nous cherchons Emilio.

– Connais pas.

J'ai la chair de poule. Il fait étrangement froid ici.

–Tu ne sais dire que ça ? demande Charlie.

– Toi non plus, je ne te connais pas.

– Ben oui, lâche Charlie en roulant des yeux. Normal.

– Emilio t'a accompagné jusqu'ici, reprend papi. Juste après la fin du Capriola.

– Non. Je suis arrivé seul. Demandez aux gars d'ici. Personne n'est jamais venu me voir. Personne.

– C'est Philou, le dompteur de lions, qui nous l'a dit, rétorque Charlie.

– Tout ce que racontent les gens n'est pas vrai, loin de là, grince Laszlo avec un rire de gorge.

– Il a menti alors ? demande Charlie.

Laszlo s'ébroue, comme un chien qui vient de se baigner, puis il retourne s'assoir sur son lit.

– Philou est fou, assène-t-il.

– N'importe quoi ! s'écrie Charlie.

Et même papi fait non de la tête.

– Il a libéré ses lions, oui ou non ?

– Mais ce n'est pas parce qu'il a fait ça qu'il est fou ! Au contraire ! s'écrie Charlie. C'était courageux et intelligent.

– Fou, répète Laszlo. Et si tu veux mon avis, il y a un lien avec l'incendie du cirque qui a eu lieu juste après. On ne peut pas lâcher ses lions dans la nature et croire que rien ne va arriver ensuite.

– Hein ? s'étrangle Charlie.

– Ça a un rapport avec les énergies.

– Ah.

Elle se penche sur mon oreille :

– Pétard, il me rappelle ma mère !

– Qu'en est-il d'Emilio ? questionne papi.

– Il n'est jamais venu ici.

– En es-tu vraiment sûr ?

– Certain.

Des nuages sombres obscurcissent son visage.

– Vous feriez mieux de disparaitre, maintenant. Le passé, c'est le passé. Rien n'est plus comme avant.

– Beau dicton, remarque Charlie.

Elle tapote sa cuisse du bout des doigts. Tout va trop lentement pour elle.

– Tu sais autre chose sur Emilio ?

– Vous ne m'intéressez pas. Vous ne vous êtes jamais intéressés à moi, d'abord, grince Laszlo.

Il fixe papi qui hausse les épaules, puis les sourcils :

– N'as-tu pas toujours souhaité rester un mystère ?

Mais Laszlo est devenu muet, il se contente de nous dévisager en silence. Un coup de vent fait osciller les oiseaux pendus au plafond.

– Ouste ! grince-t-il soudain, le visage rongé par la tension

– Peut-être que la magie lui a embrumé le cerveau, chuchote Charlie.

Je hoche la tête, même si je ne suis pas sûr qu'elle ait vraiment raison. J'ai l'impression que Laszlo n'a tout simplement pas envie d'être ici, dans cette maison déglinguée, à la lisière de ce village abandonné, derrière des sapins menaçants. Comme s'il était déçu de cette vie, dans laquelle les cirques brulent et vous laissent tout seul. Peut-être est-il fou, mais il a de bonnes raisons de l'être. Elles ne sont pas si différentes de celles de Lily et papi. Sauf que ni Lily, ni papi n'accrochent des oiseaux morts au plafond.

– Allez, ouste ! Dehors ! crie Laszlo en agitant les mains. Je n'ai rien à vous dire.

– C'est bon, tempère papi.

– Non, marmonne Laszlo.

Et il revient devant papi.

– Non ! Non et non !

Charlie lève les mains comme si elle voulait faire un check avec lui, ou l'apaiser. Papi recule de deux pas.

– Il vaut mieux qu'on parte, je me demande s'il n'est pas en train de péter les plombs pour de bon, prévient-il.

– Oh non, souffle Charlie.

Et je comprends parfaitement ce qu'elle veut dire. Ça n'a pas marché.

Dehors, le soleil brille toujours. Je l'avais presque oublié chez Laszlo, dans l'obscurité glaciale. Pour retourner au minibus, nous traversons le scintillement de chaleur qui flotte sur les rues. Papi essuie son front où perle la sueur.

– Bon, soupire-t-il en étirant le mot, comme Charlie le fait avec ses chewing-gums.

– Qu'est-ce qui ne va pas chez lui ? demande-t-elle sans vraiment penser sa phrase comme une question.

– Il a toujours été…

Papi s'interrompt, regarde de gauche à droite, puis se dirige vers l'ombre que projette le minibus.

– … particulier. Et maintenant, en plus, il est tout seul.

Il s'assoit, inspire et expire avec difficulté, il a presque l'air d'un vieillard.

– Cette affaire de cirque, vous en avez tous beaucoup souffert, non ? interroge Charlie.

Papi s'allonge par terre en prenant soin que tout son corps soit bien à l'ombre.

– J'ai chaud, les enfants, souffle-t-il.

Et il ferme les yeux. Charlie se tourne vers moi. Je hausse les épaules. Maintenant nous nous retrouvons dans un village fantôme, sans aucune piste à suivre, avec un papi fatigué. Je décide d'aller chercher Agatha, dont l'eau dans le minibus brulant doit quasiment bouillir. J'ouvre la porte au-dessus de papi et j'attrape le seau.

« Oh, oui, de l'air frais », dit Agatha.

Je songe :

« Désolé. »

« Oui », répond-elle.

Je pose le seau à côté de papi.

– C'était notre cirque, déclare-t-il. Il était tout ce que nous possédions, tout ce que nous étions. Après, on n'avait plus rien.

– Comment s'est déclaré l'incendie ? demande Charlie.

Papi se redresse :

– On était près de Berlin, c'était l'été et il faisait très chaud. Nous étions nombreux à être partis nous baigner dans la rivière après le spectacle du matin. À un moment, j'ai décidé de rentrer au campement avec Rosalie, la funambule. Elle a fait la roue et quand elle s'est redressée, on a vu les flammes qui dévoraient le ciel. Rosa est devenue toute pâle, elle a tout de suite compris, c'était très clair, et elle savait qu'elle pouvait se fier à son intuition. « Cours ! » a-t-elle crié et elle a tendu le doigt vers le rouge. Alors, on s'est précipités. On a essayé d'éteindre le feu et j'ai failli me faire dévorer par les flammes.

Il désigne sa jambe.

– Une belle brulure que j'ai eue là.

– Mais comment le feu a-t-il pris ? insiste Charlie.

– Waldo, le cracheur de feu, n'aurait pas éteint ses torches de jonglage correctement. Comme un débutant.

– Tu n'y crois pas ?

– Un gars qui a grandi au cirque, comme Waldo, ne pouvait pas faire ça. C'est ancré au plus profond de lui.

– Mais que s'est-il passé, alors ?

Papi lève la tête et nous dévisage.

– Qui sait ? Seule certitude, quand ce genre de catastrophe arrive, les assurances paient. Beaucoup d'argent a été versé.

– À toi ?

– Non. À aucun de nous. Au directeur du cirque et à sa famille.

– Et ensuite ?

– Ensuite, un homme répondant au nom d'Emilio m'a conduit à l'hôpital pour qu'ils soignent mes brulures.

Il pousse un soupir.

– Ah, OK ! lance Charlie.

Ah, OK, me dis-je aussi. Charlie a raison. Papi en sait plus qu'il ne l'a admis au début.

– Je vais faire une petite sieste, annonce-t-il. Cette bicoque bizarre m'a épuisé, et je suis très, très vieux. On réfléchira plus tard à ce qu'on va faire maintenant.

Il met son chapeau claque sur la tête et pose ses mains sur son ventre.

QUATORZE

– Qu'est-ce qu'on va faire maintenant ? renifle Charlie en haussant les épaules.

Nous sommes assis à quelques mètres du bus, au bord du trottoir. Charlie jette de petits cailloux au milieu de la route.

– Eh bien, je n'en sais rien, lâche-t-elle.

Je n'aurais jamais pensé qu'une telle phrase sortirait de sa bouche.

– Soit un miracle se produit, soit on s'arrête là.

Elle tourne les yeux vers moi :

– Tu serais très triste si c'était le cas ?

Je contemple le ciel, qui est aussi bleu et peu concerné que d'habitude, et je pense à Lily. Elle affirme que ce n'est pas agréable du tout pour elle que je refuse de lui parler, car ça lui donne l'impression que je suis absent. Elle n'a pas besoin d'en dire plus, je sais précisément de quoi elle parle. Je ressens la même chose, lorsqu'elle s'écroule devant la télé le soir, épuisée, et qu'elle garde les yeux rivés sur l'écran, ou quand je lui pose des questions sur mon papa et qu'elle me répond : « Pas maintenant. » Ou quand papi et moi fixons les napperons en dentelle. Je crois que nous nous sommes habitués à la tristesse depuis longtemps, Lily, papi et moi.

Je sors mon portable et j'écris : *Je ne sais pas*.

Charlie me fixe un long moment.

– Donc oui, dit-elle.

Je tape : *Oui*.

Et nous restons assis sans rien ajouter.

– Je ne sais pas ce qu'on peut faire, finit-elle par soupirer. Je n'en ai pas la moindre idée.

Je me penche en avant pour ramasser une feuille par terre. Elle a des rayures qui ressemblent à celles d'un zèbre. Je la glisse dans ma poche.

Soudain, je sens de petits coups dans mes côtes.

– Gustav, souffle Charlie.

Elle désigne le bout de la rue : Laszlo est en train de sortir de son jardin.

– C’est l’occasion !

De quoi ?

Je lui tends mon téléphone. Elle agite les mains.

– Ben, d’entrer chez lui, tiens ! Et de fouiller dans ses affaires. Je parie qu’il nous a caché quelque chose.

Qu’est-ce qui te fait dire ça ?

Charlie se penche sur l’écran, énervée.

– Mes qualités de détective, voyons ! Mets-toi bien ça dans la tête.

« Oh, et puis zut », me dis-je. Et tout à coup, je sens un chatouillement. Moi aussi, je commence à prendre gout à l’aventure.

« Oh, oh ! » fait Agatha dans son seau.

Mais Charlie et moi avons déjà détalé.

La porte de la bicoque de Laszlo s’ouvre sans difficulté. Charlie me jette un coup d’œil derrière son épaule :

– C’est un piège, non ? Je n’arrive pas à croire qu’il ne ferme pas à clé !

Et elle reste figée sur le pas de la porte.

Moi aussi, cela m’étonne et je n’ai pas un bon pressentiment. Peut-être a-t-il jeté un sort de protection sur sa maison ? Je pousse Charlie à l’intérieur.

Elle est beaucoup trop visible sur le palier, même si personne ne peut probablement nous voir derrière les sapins. Je plisse les paupières pour mieux distinguer la pièce dans l'obscurité.

– Partageons le travail, annonce Charlie. Tu vas à droite, moi à gauche. N'hésite pas à regarder partout, mais essaie de ne pas changer les objets de place.

Je suis ses instructions et je commence à fouiller prudemment les affaires de Laszlo. Je lis les titres au dos des livres, je soulève des vêtements avec précaution et j'inspecte ce qu'il y a en dessous, j'ouvre une malle remplie d'herbes et de bols dorés. Que cherchons-nous au juste ? Où pourraient se cacher des indices sur mon père ? Tout peut avoir un rapport avec lui, mais l'inverse est possible aussi. J'ouvre deux petites boîtes, l'une est pleine de sable, l'autre de bouts de crayons. Je trouve du fil, des ciseaux et un couteau avec du sang collé dessus. Je lève les yeux sur les oiseaux qui pendent au plafond et mes bras se couvrent de chair de poule. On ferait mieux de partir.

– Hé ! Viens voir ! s'écrie Charlie.

Je me tourne vers elle. Elle écarte le rideau qui masque la porte d'une petite pièce. Une étagère couverte de bric-à-brac est collée au mur du fond. Je remarque la cape et la collection de petits bâtons taillés en baguettes magiques. Une cage posée par terre est occupée par un lapin maigrichon. Son pelage grisâtre devait probablement être blanc à l'origine.

– Il n'a pas l'air très en forme, hein ? remarque Charlie.

Je hoche la tête.

– On va l'emmener avec nous. Pendant que je le sors de là, regarde ce qu'il y a sur l'étagère.

Aussitôt elle se penche sur la cage qui, étonnamment, est fermée par un cadenas. Comme si le lapin était vraiment précieux ou dangereux. J'enjambe la cage et j'inspecte l'étagère. Sous une cape, se trouve une petite boîte qui contient des papiers : de vieux billets d'entrée, des affiches du cirque Capriola, des articles de presse. Certains traitent de l'incendie, d'autres parlent des représentations. Au fond, il y a des photos et plusieurs lettres. À mes pieds, Charlie utilise une canne pour faire levier sur la porte de la cage. Je lui montre les articles et les photos.

– Prends-les !

Puis un grincement retentit à l'extérieur.

– Crotte, la porte ! souffle-t-elle.

Soudain, mon cœur bat deux fois plus fort et trois fois plus vite. Je coince les papiers dans mon pantalon. Charlie reste immobile, le lapin dans les bras. On dirait qu'ils sont congelés. Je saute par-dessus la cage et j'entraine Charlie vers la porte.

– Qu'est-ce que tu fabriques ? chuchote-t-elle. Tu veux qu'on se jette dans la gueule du loup ?

Dehors, on entend des pas. La fuite me parait une meilleure option que de rester enfermé des heures avec Laszlo. Je pousse Charlie jusqu'à la porte, devant les carabines.

– Crotte ! répète-t-elle en les voyant.

J'essaie de continuer à respirer. Je ne suis jamais entré nulle part par effraction. Les garçons de mon quartier le font parfois pour s'amuser, je les ai entendus en discuter. Et voilà que je regrette presque de ne pas les avoir accompagnés. J'aurais aimé avoir un peu d'entrainement. Nous nous collons au mur. Puis la porte s'ouvre. Une chaussure, puis une deuxième apparaissent. Il me suffirait de tendre le bras pour toucher Laszlo. Il fait trois autres pas sans regarder de côté. Je pince Charlie pour lui dire : « Cours ! » Et je me précipite dehors, Charlie sur mes talons.

– Hé ! tonne Laszlo.

Il nous a vus, il a compris.

– Sales petits voleurs !

J'entends un claquement.

– Il est armé ! halète Charlie.

Nous contournons les sapins à toutes jambes.

– Vous ne perdez rien pour attendre !

Il tire encore. Quelque chose heurte la clôture.

Charlie me double :

– Plus vite, Gustav !

J'essaie d'accélérer. Je sens que je commence à manquer d'air, mais je continue néanmoins à courir. Je ne regarde pas derrière moi tant je redoute que Laszlo soit tout près.

– Joseph ! Réveille-toi ! crie Charlie, qui soudain, est redevenue la bonne vieille Charlie.

La fille, super forte, dont on se demande d'où elle vient.

– Démarre la voiture !

– Je vais vous refroidir, vous pouvez me croire ! hurle Laszlo.

Je le crois. Au bout de la rue, le minibus se met en route. Papi se dirige vers nous. La porte latérale est ouverte.

– Montez, les enfants !

Charlie se précipite à l'intérieur et atterrit sur les genoux, je bondis derrière elle et je referme la porte. Dehors, Laszlo se jette sur le côté. Papi met les gaz. Un autre claquement retentit. Laszlo a tiré vers le ciel.

– Ce type a toujours été un tireur très moyen, glousse papi.

Puis il se retourne rapidement et nous regarde.

– Si ce n'est pas mon lapin, je veux bien manger mon chapeau ! s'exclame-t-il.

Et il fond en larmes.

– Un peu de sang-froid, mon vieux, intime Charlie. Tu es au volant d'un véhicule de secours aux fugitifs !

QUINZE

Depuis que le lapin est avec nous, papi est un autre homme. On dirait que la lumière s'est allumée en lui. Comme un vieux paquebot qui se serait transformé en hors-bord.

– C'est un miracle, un vrai miracle ! s'est-il émerveillé.

– Je ne savais pas que les lapins pouvaient vivre si longtemps, a remarqué Charlie.

– Pas les lapins ordinaires, a précisé papi. Eux, ils meurent après quelques années, mais Miffler n'est pas un lapin ordinaire.

– Mais comment peut-on être sûrs que c'est vraiment lui ?

– Un clown reconnait toujours son lapin, et d'abord, sa patte arrière droite est-elle noire ?

Charlie a soulevé l'animal et l'a maintenu devant son visage pour inspecter ses pattes.

– Elle est bien noire, a-t-elle constaté.

Et depuis papi affiche un grand sourire, tout en conduisant le minibus à travers champs. Il n'a pas commenté notre intrusion chez Laszlo. Mes genoux et le reste de mon corps en tremblent encore. Je sors les papiers coincés dans mon pantalon, Charlie se penche par-dessus son épaule et nous lisons les articles de journaux : *Le cirque Capriola enchante son public. Acrobaties et tours de magie. Ici, on apprivoise les lions à la main.*

– Regarde ! s'écrie Charlie et elle tapote sur l'un des articles.

Une photo l'accompagne, des artistes du cirque qui posent devant le chapiteau. À l'arrière-plan, un peu moins net que les autres, on peut voir mon père.

– Il y a leurs noms sur la légende ! s'exclame-t-elle. Et maintenant, que le travail de détective commence !

Elle sort son téléphone portable, ouvre Facebook et tape les noms dans la barre de recherche. Deux apparaissent : Dario Muranelli et Elvis Zamper. Sur leur photo de profil, on voit qu'ils ont beaucoup vieilli.

– Et voilà ! s'exclame Charlie.

Aussitôt, elle leur écrit un message.

– Envoyés ! Maintenant, il n'y a plus qu'à attendre.

Je tape : *C'est le moment de faire une pause.*

– C'est le moment de faire une pause, lit-elle à voix haute.

– OK, acquiesce papi.

Et j'ajoute : *J'ai une ou deux questions à lui poser.*

– Dis donc, Gusti, tu ne deviendrais pas un peu curieux, par hasard ? s'esclaffe Charlie.

Je lui tire la langue. Elle sourit comme si rien au monde ne pouvait l'atteindre, ce qui est probablement le cas.

Nous nous sommes arrêtés près d'un lac, puis nous nous sommes assis par terre, et adossés au minibus. À part nous, et les quelques oiseaux qui nagent sur l'eau scintillante, il n'y a personne. Si on disparaissait, engloutis dans les profondeurs de la terre, personne ne le remarquerait. Cette pensée me donne la chair de poule. Ce paysage est plus vaste que tout ce que j'ai vu jusqu'à ce jour. Charlie tient Vida sur ses genoux, papi a le lapin sur les siens. Miffler reste sagement assis, il hume l'air et semble très heureux. Je plonge ma main dans le seau d'Agatha. Les pensées tourbillonnent dans ma tête, si vite que j'en ai le tournis.

Qu'est-ce qui s'est passé entre Emilio, Lily et toi ?

Je tends mon téléphone à papi. Il se penche en avant, il lit, puis il s'appuie de nouveau contre la carrosserie et hoche lentement la tête.

– Très bien. Ouvrons le rideau.

Il se redresse et ajuste son chapeau haut de forme. Il est assis bien droit, les mains sur le lapin.

– Commençons par le commencement. J'ai eu deux grands amours dans ma vie. Le premier, c'est le cirque. J'y suis né, j'y ai grandi, il représentait tout ce que j'étais à l'époque et tout ce que je voulais devenir. Puis j'ai rencontré la grand-mère de Gustav. Et Dieu sait que je l'ai aimée ! Mais elle ne venait pas du cirque et elle ne pouvait pas se satisfaire du genre de vie qu'on y menait. Alors j'ai essayé de me fixer quelque part. J'ai vraiment fait des efforts. Mais le cirque était trop profondément ancré en moi. J'ai cru que j'y arriverais. Par amour pour Marie. Et pour moi, parce que je l'aimais. De plus, on attendait un bébé, et cela me déchirait le cœur. Je voulais que mon enfant grandisse dans le monde du cirque. Comme moi. Mais Marie était farouchement contre. « Ce n'est pas un environnement adapté à un enfant », répétait-elle. Je voyais les choses autrement. D'une certaine façon, nous étions faits l'un pour l'autre, mais pas au plus profond de nous-mêmes. On aurait dû s'en apercevoir plus tôt, on aurait évité le désastre. Nous vivions dans une petite maison en banlieue de Berlin. Ta maman est née, Gustav. Et pendant un certain temps, j'ai réussi à vivre ainsi. Mais, en moi, grandissaient la nostalgie et le besoin de parcourir le monde. J'étais dévoré par l'envie de faste, de trompettes, d'opulence et de magie. L'odeur des éléphants et de la barbe à papa, mon nez rouge et mes chaussures immenses me manquaient. Qui étais-je sans tout cela ? Un moins que rien, un simple ouvrier dans une ville étrangère. J'ai essayé de convaincre Marie de tenter l'expérience. Je l'ai suppliée. Elle a refusé. On s'est disputés. Des jours, des semaines, des mois. On s'est envoyé les pires insultes à la figure. Des torrents de larmes ont coulé. Nous avons fini par décider de nous séparer. Je suis retourné au cirque et Marie est restée à Berlin avec notre fille. Je leur rendais visite aussi souvent que possible.

Je fixe le sol poussiéreux. En moi, il y a un peu moins de lumière. Je ne savais rien de tout ça. Lily n'a jamais évoqué son passé. C'est étrange d'en entendre parler maintenant.

– Et comment Marie l'a-t-elle vécu ? demande Charlie.

– Pas bien, répond papi, d'une voix qui semble prête à se briser. Elle était de plus en plus triste. À chaque départ, les fissures s'élargissaient. Je crois qu'à la fin, elle supportait à peine de me voir. Elle ne m'a jamais renvoyé, mais je pouvais sentir que ma présence lui pesait. Et pour ma fille, ça ne devait pas être facile non plus. Très certainement. Alors un jour, je ne suis plus rentré.

Il lève la tête vers le ciel, puis il avale sa salive.

– Peu à peu, le chagrin de Marie est devenu insupportable pour Lily. Elle avait l'impression de vivre sous une cloche de verre dans laquelle l'air devient rare. Aucun enfant ne devrait grandir dans ces conditions. Avec un père absent et une mère triste.

Les yeux de papi reviennent vers moi.

– Dès qu'elle a pu, Lily a déménagé.

Il se tait de nouveau. Charlie se gratte l'oreille. Je laisse les mots faire leur chemin dans ma tête pour essayer de comprendre quel est le rapport avec moi.

Tout me semble à la fois très loin, comme une histoire qui ne serait pas la mienne, et pourtant avec un écho familier.

– Après l'incendie, Emilio m'a emmené à l'hôpital, reprend papi, et là-bas, ils ont appelé Lily. Son nom figurait dans mes papiers en tant que personne de confiance. Elle n'était pas enchantée de me voir. Pas du tout. C'est tout juste si elle m'a regardé. « Il n'a qu'une brulure ? » s'est-elle étonnée. Puis elle leur a demandé pourquoi ils l'avaient fait venir pour si peu. Toutefois, elle a été très heureuse de faire la connaissance d'Emilio. Le jour où ces deux-là se sont rencontrés, le plus insensible des hommes aurait senti que l'air se transformait. C'était encore plus magique qu'un numéro de magicien.

J'essaie de me les imaginer. L'homme de la photo et la jeune Lily, amoureux au premier regard.

– Eh oui ! lance papi en agitant la main, comme s'il chassait une mouche. Ils ont habité un moment ensemble. Je me suis décidé à m'installer en maison de retraite. Je n'avais plus de logement et ma fille ne voulait pas que j'habite avec elle, ce que je peux tout à fait comprendre.

Plus il parle, plus il se recroqueville sur lui-même. Maintenant, il est tout bossu, et son chapeau haut de forme semble avoir rétréci. Le soleil nous tape sur le crâne et j'ai affreusement chaud.

– Pourquoi tu ne t'es pas engagé dans un autre cirque ? demande Charlie.

– Je me suis souvent posé la question. Je pense qu'à l'époque, je n'avais pas les idées claires. Je ne savais plus où était ma place.

– Et Marie ?

– Elle a purement et simplement disparu. La mère de Gustav me l'a appris quand j'étais encore à l'hôpital. Sans laisser de trace. Aujourd'hui encore, je ne sais pas ce qui lui est arrivé.

– Tu as perdu tes deux amours, conclut Charlie.

Et elle pose la main sur le bras de papi.

– Oui, souffle-t-il.

Je pense aux mots de maman : « Quand mamie a disparu, papi a un peu perdu la boule. »

Lentement, je comprends leur vraie signification. J'ai encore des questions auxquelles je n'ai pas de réponse. Que s'est-il passé ensuite entre Lily et Emilio ? Pourquoi se sont-ils séparés ? Mais je ne les pose pas parce qu'après ce discours, papi a l'air d'un pneu de vélo à plat. Ses doigts glissent machinalement sur le poil du lapin, ses yeux fixent le lac.

– Istanbul, murmure soudain Charlie, son téléphone à la main.

Je lui tends le mien :

Quoi ?

– Ton père est à Istanbul, répond-elle.

Comment tu le sais ?

Elle me montre son téléphone. La page Facebook-Messenger est ouverte. Dario Muranelli a écrit : « Bonjour, Charlie. J'ai eu des nouvelles d'Emilio pour la dernière fois il y a deux ans. Il m'a écrit qu'il travaillait désormais dans le Grand Bazar d'Istanbul. Il n'a pas précisé où exactement. Bonne chance dans vos recherches. »

Donc mon père est allé se perdre au bout de ce continent. À l'école, j'ai appris que la ville d'Istanbul était à cheval sur deux continents : l'Europe et l'Asie. Deux élèves de ma classe y vont chaque année, parce qu'ils ont de la famille là-bas. Feri est revenu un jour avec une casquette Nike que tout le monde a trouvée super belle.

« Elle vient d'Istanbul, nous a-t-il appris. L'année prochaine, j'en ramènerai une à toute la classe. »

Mais il ne l'a pas fait.

Tu crois que c'est vrai ? écris-je à Charlie.

Elle hoche la tête.

– Pourquoi est-ce qu'il nous mentirait ? Bien sûr que c'est vrai. Qu'est-ce que tu en dis, Joseph ?

Il la fixe, décontenancé, puis il se secoue :

– Istanbul, c'est vraiment très loin. Bien plus loin qu'ici.

Il pose les yeux sur le lapin, puis il déclare :

– Mais après tout, on ne vit qu'une fois !

– Maintenant on dit *Yolo*, explique Charlie.

– Alors, *Yolo* ! fait papi.

Et il se lève.

– Venez, on a de la route à faire.

SEIZE

Soudain on entend des claquements et des vibrations.

– Oh, oh ! lance papi.

– Crotte ! J'aime pas ce bruit, grommelle Charlie, réveillée par les cahots du minibus.

C'est le milieu de la nuit. Papi quitte la route, bifurque sur une aire de stationnement et s'arrête. Nous descendons.

– Noir comme dans un four, énonce Charlie.

Elle agite les bras et désigne l'obscurité enveloppante autour de nous :

– Le moment idéal pour employer cette expression, non ?

– L'un de vous deux a une lampe de poche ? interroge papi.

Là normalement, ce serait le moment de la grande entrée triomphale de ma lampe de chevet. Mais il aurait fallu qu'on ait une prise de courant pour la brancher.

– Moi ! lance Charlie.

Elle retourne dans le véhicule et revient précédée d'une flèche lumineuse qu'elle dirige sur les pneus.

– Ça se présente mal, annonce papi. C'est une crevaison. Sais-tu réparer une voiture ?

– Non, répond Charlie.

– Alors, on ne peut pas aller plus loin.

Je tourne en rond en écoutant le gravier crisser sous mes pieds.

– Crotte, lâche Charlie.

Ce qui résume parfaitement la situation. *Crotte*. Je m'écroule par terre, Charlie m'imite et se laisse glisser près de moi. Papi fait les cent pas. J'observe le ciel, je n'ai jamais vu autant d'étoiles. On dirait un autre ciel, une autre nuit.

– L'univers semble contre nous, déclare papi. Comme s'il voulait nous empêcher de retrouver Emilio.

Je frotte la chaine de la mère de Charlie. Juste au cas où il aurait raison.

– Ma mère dit toujours que l'univers ne sera jamais contre toi si toi-même, tu n'es pas contre toi, déclare Charlie.

Elle rassemble des cailloux dans sa main, les fait claquer dans l'obscurité, et ajoute :

– Moi, je suis tout à fait favorable à ce qu'on retrouve Emilio. Depuis le début. Je ne veux que ça. Quand je pense à notre enquête, mon cœur fait la danse de la joie. Je n'envoie que de bonnes ondes à l'univers pour cette mission. Et vous ?

Quelles ondes j'envoie à l'univers ? Mon cœur fait-il la danse de la joie ? À vrai dire, il se fait plutôt pipi dessus à la pensée de se retrouver devant Emilio. J'ai toujours souhaité rencontrer mon père. Mais qu'en est-il pour lui ? Que pensera-t-il d'un fils qui a ses grandes oreilles ?

« Il ne m'a jamais cherché », dis-je en pensée à Agatha. « J'ai demandé à plein de gens de me parler de lui, alors que lui, il n'a probablement jamais interrogé quiconque à mon sujet. Peut-être qu'il ne veut pas me voir. »

« Pour être exact, c'est Charlie qui pose des questions, pas toi, dit Agatha. Toi, tu parles à une algue. »

« Mon père va penser que je suis fou. »

« Peut-être. Peut-être sera-t-il aussi follement fier. Peut-être qu'il est fou, lui aussi. Ou alors, on ne le retrouvera jamais. On ne va pas savoir, et c'est plutôt rassurant. »

Je tape sur mon écran : *J'envoie des ondes nerveuses à l'univers.*

– Ça passe, acquiesce Charlie.

Papi s'assoit devant nous et nous regarde. Son visage brille d'un éclat blanchâtre, comme celui de la lune. Il se malaxe les mains.

– Tout est de ma faute, annonce-t-il. Je bloque l'univers.

– Mais pourquoi ? questionne Charlie.

– Je redoute le moment où on va retrouver Emilio. J'aimerais parfois qu'il ne réapparaisse pas. Je ne veux pas que ce voyage se termine. Je ne veux pas rester assis dans cette chambre beige à ne rien faire pour le restant de mes jours.

– Et deuxièmement ? demande Charlie.

– Je ne l'aime pas particulièrement.

Il se tait et tourne les yeux vers moi.

– Je suis désolé, Gustav. C'est ton papa, je le sais.

Et le silence revient. Je sens un frisson me chatouiller la nuque.

« Chez moi, on dit que c'est la mort qui se rappelle à nous », déclare Nadiah à chaque fois que Lily, Nadiah ou moi frissonnons.

– Je me retrouvais beaucoup trop en lui pour approuver le choix de ma fille, reprend papi. Pas parce que je n'aimais pas l'homme qu'il était, mais plutôt…

Il s'interrompt encore.

– … en raison de tout le malheur que j'avais semé dans la vie de ma femme et de ma fille à cause de la personne que j'étais.

– Maman dit toujours qu'on ne peut pas changer l'humain qu'on a été. Par contre, celui que l'on deviendra, on peut, intervient Charlie.

Papi hoche la tête :

– J'essaie. Parfois, je crois que si mes mauvaises décisions et mes préjugés n'avaient pas existé, on n'en serait pas là, assis au milieu de nulle part, dans la nuit bulgare. C'est moi qui ai suggéré à Emilio de quitter Lily si ses intentions n'étaient pas sérieuses. Je lui ai demandé de bien réfléchir à tout ça.

Soudain, j'ai l'impression de manquer d'air. Je me lève, je me retourne et je m'éloigne. D'abord, je vais lentement, puis je me mets à courir, je ne vois pas le sol, mais peu importe si je tombe. Tout m'est égal. Je ne sais rien sur personne. Ni sur Lily, ni sur Emilio, ni sur ce clown que j'appelle papi, ni sur moi. Je ne sais rien. Je finis par tomber vraiment et j'ai vachement mal. Des cailloux s'enfoncent dans la chair de mes mains, dans mes genoux qui aussitôt me cuisent. Mon visage tape contre le sol. Je reste à terre et je respire la poussière. La poussière bulgare. Mes larmes sont encore plus brulantes que mes genoux. Mais au moins, je peux les recueillir avec ma langue et soulager ma bouche desséchée.

– Gustav ! Gustaaaaav !

La voix de Charlie transperce la nuit. Je ne veux voir personne. Je veux juste rester là jusqu'à ce que je sois absorbé par le sol. Plus tard, les gens qui passeront ici se rappelleront : « C'est là que le garçon s'est fondu dans le sol. Vous savez, celui qui n'a jamais eu de père et dont le grand-père était un menteur. »

Ils s'arrêteront un petit moment, pour me plaindre et se réjouir secrètement d'avoir une vie meilleure que la mienne, puis ils repartiront avec leur voiture qui, bien sûr, ne sera pas en panne.

– Gustav !

Je lève la tête, puis je la baisse de nouveau.

– Gustav ! Oh, crotte, Gustav !

Elle trébuche sur moi et me donne un petit coup de pied dans les côtes. Merci, l'univers, si c'est ça ta réponse, je n'aurais jamais dû te demander quoi que ce soit, tu as tout compris de travers. Charlie perd l'équilibre, mais elle ne tombe pas et parvient à se redresser.

– Oh, Gustav !

Elle pose la main sur mon dos.

– Tu vas bien ? Tu veux te lever ?

Je secoue la tête.

– Allez, viens. Je sais, c'est moche. Mais les trucs moches sont faits pour qu'on se surpasse. Et se surpasser rend fort. C'est pour ça que je mâche tout le temps du chewing-gum. Pour m'entrainer.

Je ne bouge pas d'un pouce.

– Bon, tu ne t'es pas entrainé avec du chewing-gum, mais ça va aller quand même. Il y a toujours un chemin, Gustav.

– Ferme-la.

– Tu me parles enfin, et les premiers mots que tu me dis, c'est de la fermer ?

– Je n’ai plus envie. Je veux juste qu’on me fiche la paix. C’est trop pour moi tout ça.

Les mots ont un gout bizarre, ils sont étranges dans ma bouche, et tandis que je parle, je m’aperçois qu’il en reste encore énormément. Comme s’ils s’étaient accumulés en moi depuis que j’ai annoncé à Lily que j’arrêtais de parler.

– C’est méchant, assène Charlie en retirant sa main.

Je rétorque :

– Tu veux que je te dise ce qui est méchant ? Quand ton propre papi te ment. Et tu sais quoi, ce qui l’est encore plus, c’est que moi, je voulais juste une famille. Une vraie. Et si je n’en ai pas, c’est de la faute de papi.

Je tape par terre avec ma main, ce qui me fait de nouveau super mal, et je continue :

– Quelle erreur phénoménale de s’être embarqués dans cette histoire. On ne sait pas ce qu’on fait. On ne sait rien de mon père ni de ma mère. Pareil pour mon papi qui est un vieux menteur gaga. On a failli se faire tuer, en plus. C’est de la folie, tout ça. Et toi, tu es complètement cinglée.

– Espèce d’idiot ! C’est trop cool que tu reparles, mais là, il aurait mieux valu que tu te taises. Parce que maintenant, on voit bien que tu n'as rien compris. Que tu es même un vrai crétin. On sait mille fois plus de choses qu'au début de ce voyage. Je suis d'accord, ce n'est pas toujours simple. Les parents difficiles, je connais. Et aussi, une aventure, ce n'est pas de la rigolade. Tout le monde le sait. Mais tu n'as pas la certitude de la culpabilité de ton papi. Peut-être tes parents se sont-ils séparés pour des raisons qui n'ont rien à voir avec lui. Et personne ne peut choisir sa famille dans ce monde, OK ? On peut juste essayer d'en tirer le meilleur. Ou trouver des amis qui la remplacent. Moi, je suis là pour te protéger des ours bulgares, pas pour éponger ta frustration, qui est manifestement dirigée contre quelqu'un d'autre. Je te protège, pour que tu ne te fasses pas dévorer. Et aussi parce que c'est plus facile d'être triste à deux que tout seul.

J'enfonce mon visage un peu plus dans les graviers, telle une énorme crotte. Les ours bulgares n'ont qu'à me dévorer. Je respire encore deux fois la poussière. Je pense à mon dernier jour d'école. À Lily et son copain qui ont organisé leurs vacances. Au début des miennes. À Mme Nowak auprès de qui je m'asseyais. Je pourrais être dans mon lit ce soir, après être resté assis toute la journée au bord du canal à imaginer que les capitaines des navires sont mon père.

– Je suis désolé, dis-je.

Et je me lève. J'essuie la saleté de mon visage avec mon bras.

– T'en fais pas, ça peut arriver. On y retourne ?

J'acquiesce. Charlie marche à grands pas, et je la suis. Et si tout s'arrangeait ?

– Je crois que nous ne sommes plus seuls, annonce-t-elle.

Elle s'arrête et attend que je l'aie rattrapée. D'autres ont dû rouler sur le même nid-de-poule que nous. Cinq nouvelles voitures ont rejoint la nôtre et ont transformé l'endroit désert au milieu de nulle part en un endroit très fréquenté au milieu de nulle part. Les phares brillent, les automobilistes s'empressent autour de leurs véhicules, deux vieilles dames sont assises sur des chaises de camping, une petite fille observe les alentours, les paupières mi-closes, comme si elle voulait d'abord comprendre ce qui se passe, de petits groupes sont penchés sur les pneus des voitures, ils les inspectent, ils en discutent à voix haute. Peut-être parlent-ils de la réparation ?

Quelqu'un a installé un barbecue et fait du feu, manifestement certains commencent à s'habituer à l'idée de passer le reste de la nuit ici. Papi est assis par terre, le dos contre le minibus, les jambes repliées, la tête entre les genoux. Je m'approche, Charlie derrière moi, puis je m'accroupis devant lui. Il lève la tête.

– Gustav !

Je pose les mains sur ses bras, une main sur chaque bras.

– Je suis vraiment désolé, déclare-t-il. C'était avant que je sache que Lily était enceinte de toi.

– C'est pas grave, papi. Maintenant, on fait ce voyage.

Il hoche la tête et tente de sourire. Je le prends dans mes bras. Je pose ma joue contre la sienne, poilue et parcheminée. Il sent l'été, la sueur, et son odeur de papi, et je ne sais pas si je suis encore fâché, ni ce que je dois penser de tout ça, mais ce que je veux maintenant, c'est le prendre dans mes bras.

– Tu ne peux pas t'imaginer à quel point je suis fier de toi, souffle-t-il.

Et il m'enlace aussi.

Nous restons un long moment dans la nuit, serrés l'un contre l'autre, comme si ça pouvait tout arranger, ce qui, d'une certaine façon, est vrai.

Charlie se racle la gorge :

– OK, cette scène est très touchante, bouleversante vraiment, et j'en ai chaud au cœur, mais on a toujours nos deux pneus crevés.

Je me redresse et je regarde autour de moi. Deux nouvelles voitures sont venues s'ajouter, une grappe de gens entourent une vieille BMW. Je m'avance pour voir ce qu'ils regardent. Deux gars sont accroupis, ils s'affairent sur un pneu, ils le réparent, d'autres braquent des lampes de poche sur eux pour qu'ils aient plus de lumière.

– Nul n'est plus chanceux que celui qui croit à sa chance ! cite une dame près de moi. Qui aurait pu se douter que deux mécaniciens tomberaient aussi en panne ?

– On aurait mieux fait de prendre l'avion, je l'avais bien dit, marmonne l'homme près d'elle.

– L'avion, l'avion ! Mes parents n'ont jamais pris l'avion avec nous. Le trajet donne à notre âme le temps de voyager. Tout va bien se passer, *şükür*.

– Tu as entendu ? demande Charlie.

Elle est de nouveau derrière moi. Comment fait-elle ? Tout chez elle est bruyant sauf quand elle se déplace. Elle se faufile comme un chat.

– L'univers est apaisé maintenant. On peut continuer, conclut-elle.

Les deux mécaniciens se déclarent prêts à réparer tous les véhicules, et se mettent aussitôt au travail, une voiture après l'autre, avec l'aide de plusieurs personnes. Pendant ce temps, Charlie et moi nous installons avec plusieurs autres autour du braséro.

– C'est un sacré truc, les feux de camp pendant ce voyage, remarque Charlie.

Quelqu'un fait bouillir de l'eau sur un réchaud de camping et prépare du thé et du café. Je mange un sandwich au fromage qu'une dame m'a posé dans la main.

– Tu as sûrement faim, tu dois manger quelque chose, *maşallah*, a-t-elle déclaré.

Et elle m'a souri si gentiment que j'ai souri aussi.

– Comment te sens-tu ? interroge Charlie. Mieux ?

J'acquiesce.

– Bien. Dans ce cas, tu peux me passer un bout de ton sandwich.

Donc nous mâchons le sandwich en observant les adultes qui installent un campement autour du braséro à l'aide de coussins, de couvertures, de tapis de sol et de vêtements. La plupart d'entre nous étant trop fatigués pour reprendre la route, nous passerons le reste de la nuit ici ensemble. Papi dormira dans le minibus, Charlie et moi près du feu.

Lentement, les bruits s'estompent, les conversations deviennent plus étouffées, quelques personnes dorment déjà. Charlie est allongée près de moi. Nous contemplons le ciel.

– Je me demande ce que font mes parents en ce moment, souffle-t-elle. Comment ils vont, si le flux d'énergie de maman est rétabli, si papa est devenu complètement fou. La prochaine fois, je les emmènerai. Je pense qu'ils aimeront bien, et peut-être que ça leur changera les idées. Peut-être qu'ils seront de nouveau heureux pendant un moment.

Je sais ce qu'elle veut dire, j'ai eu la même idée pour maman. J'aimerais bien qu'elle soit là avec moi. Peut-être cela lui ferait-il du bien de s'allonger sur le dos, de regarder le ciel étoilé et de constater qu'elle, comme moi, ne connait aucune autre constellation que la Grande Ourse ? Peut-être que c'est à ça que le copain pensait quand il l'a invitée en vacances. Je tâtonne pour trouver la main de Charlie, je la prends, je la serre deux fois et je la garde simplement dans la mienne. Parce qu'il le faut. À cause des pieuvres sorties des machines à pince, des magasins de farces et attrapes, des magiciens fous, des coups de feu, de la poussière avalée et des ours bulgares, et aussi parce qu'à certains moments, on doit tenir la main de quelqu'un. Parce que ça fait du bien, et parce que ça permet de dire tout ce que l'on ne peut pas dire autrement, même avec des mots.

DIX-SEPT

Chaque nid-de-poule résonne dans ma tête. Je pose le front contre la vitre et j'observe le paysage. Charlie, assise à l'avant à côté de papi, démêle le poil du lapin avec ma brosse à cheveux. On s'est arrêtés au supermarché pour lui acheter des carottes, du persil et des pommes après avoir quitté l'aire de stationnement avec les autres. Dans un cortège de klaxons, on a formé une colonne de voitures bruyantes et poussiéreuses, certaines avec des valises empilées sur le toit, d'autres pleines à ras bord de bagages. Tout le monde s'est salué avec des rires, puis nous nous sommes lentement perdus de vue, chacun roulant à sa propre allure.

– Quelle est la chanson qui convient le mieux à Istanbul ? demande Charlie à papi.

– *Minor Swing* de Django Reinhardt, répond-il.

– *Sansibar* de Haiyti, suggère-t-elle.

– Connais pas, grommelle papi.

– Sérieux ?

Elle jette la brosse à l'arrière, dans ma direction, et entreprend de frotter le poil de Miffler avec un torchon de cuisine.

– Pour le faire briller, explique-t-elle.

Puis elle se tourne vers moi :

– Maintenant que tu t'es remis à parler, tu n'as rien à me raconter ? Par exemple, tout ce que tu m'as caché jusqu'ici.

Je hausse les épaules.

– Je comprends, fait-elle. Prends ton temps.

Je fourre un petit pain au lait dans ma bouche. Il y en a un sac complet à côté de moi. Le minibus est de plus en plus en désordre, mais de plus en plus beau. À l'arrière, le lit est recouvert de poussière et sous la couverture, il y a de l'herbe. Les vêtements de la veille de Charlie sont posés dessus, ainsi que la serviette que papi a utilisée ce matin pour se sécher. Nous avons un bidon d'eau dont nous nous servons pour nous doucher. Des branches sont accrochées aux vitres arrière. À l'aide d'une ficelle, Charlie a fixé dessus des brindilles, des pommes de pin et des cailloux. Elles oscillent de gauche à droite quand nous roulons. Dehors, le paysage desséché est bien plus souvent brun que vert. De temps à autre, un panneau fait de la publicité pour un hôtel. Je compte les arbres. Puis j'oublie combien j'en ai compté et je ferme les yeux un instant. J'entends Charlie déclarer que ce lapin est vraiment particulier, papi lui répond qu'il faisait toujours disparaitre Miffler dans son chapeau. Charlie s'étonne, parce que les tours de magie ne sont pas une affaire de clown. Alors papi l'invite à ne pas avoir l'esprit étroit. Je m'endors au moment précis où il annonce :

– Dans quatre heures, on est à Istanbul.

Objets trouvés pendant le voyage :

• Un bateau en papier écrasé. (Je l'interprète comme un mauvais présage, mais Charlie me le prend des mains, le nettoie – enfin, elle essaie –, le déploie et déclare : « Et voilà le travail. Ce n'est pas mauvais signe, c'est une leçon sur le fait qu'il faut d'abord chercher une solution avant de baisser les bras. »)

• Un dé à coudre. (Je le ramasse près d'une pompe à essence. J'ignore de quoi il s'agit. Je me dis : « C'est une pièce de la voiture », alors je le dépose dans la main de papi. « Que veux-tu que je fasse d'un dé à coudre ? Je n'ai pas l'intention de me mettre à la couture de sitôt », s'exclame-t-il. Au moins, je suis rassuré : le minibus n'est pas en train de se disloquer.)

• Une plume.

• Une perle (je l'offre à Charlie qui la fixe dans ses cheveux).

• Dix capsules de bière.

• Une bague en plastique (dont la pierre est cassée).

• Une boîte d'allumettes.

• Un pique-frites (ce qui est étrange, car il n'y a pas une seule frite à la ronde).

• Une gomme (presque pas utilisée).

• Un moulin à épices plein de sel aux herbes. (Papi tapote le flacon. Il dit qu'on peut toujours en avoir besoin. Sauf que les objets de ma collection ne doivent pas servir.)

• Un pendentif en forme de cœur. (Un instant, je pense l'offrir à Charlie, mais finalement je renonce. Ce serait vraiment trop.)

DIX-HUIT

Ce que je vois en premier, ce sont les palmiers. Ils poussent sur le terre-plein central de la rue. Non, ce n'est pas vrai. En premier, je vois les drapeaux rouges sur les immeubles blancs. Non. En premier, je vois les innombrables voitures. Non, tous les panneaux publicitaires colorés. Non, les tours pointues à l'horizon. Non, l'horizon n'existe pas. Il n'y a que des maisons, de plus en plus de maisons. À moins que je n'aie tout vu en même temps. Istanbul, c'est comme Berlin. En cent fois plus grand. Et en très différent. Istanbul est plus grand, plus bruyant, plus lumineux, plus peuplé, plus sale, plus coloré et plus enthousiasmant que Berlin. Avec davantage de palmiers. Beaucoup plus de palmiers. Nous sommes à un arrêt de bus et nous attendons un *dolmuş*. Papi a déclaré que s'il restait une seconde de plus au volant dans ce trafic, il passerait l'arme à gauche en moins de temps qu'il ne faut pour le dire. On a donc garé le minibus dans une rue secondaire, près d'une maison à moitié finie qui avait l'air d'être dans cet état depuis une éternité. J'ai noté le nom de la rue pour qu'on puisse retrouver notre véhicule.

– Le *dolmuş* roule comme un bus sur des trajets définis, mais il n'y a pas d'arrêt obligatoire. On peut descendre quand on veut, il suffit de prévenir le chauffeur à l'avance et de payer en fonction du chemin parcouru, lit Charlie sur son téléphone.

Agatha est dans mon sac à dos. Je l'ai transvasée dans une bouteille d'eau avec une ouverture extralarge pour qu'elle puisse nous accompagner. Charlie a attaché Vida sur son sac à dos, ses longs bras qui touchent presque le sol se balancent derrière elle. Papi a confectionné une écharpe de portage pour Miffler : un grand foulard, qu'il a noué autour de son buste, où il a installé le lapin.

– En voilà un, je crois ! s'exclame papi.

Et il désigne un véhicule à mi-chemin entre la voiture et l'autobus. Nous montons à bord avec trois autres personnes, donnons au chauffeur notre destination, payons, puis nous prenons les rares places disponibles. Nous passons devant des immeubles, de vieux bâtiments, des magasins, des marchands ambulants, des terrains de foot sur lesquels courent des enfants. Nous croisons des joueurs de cartes, attablés devant leurs maisons, nous laissons derrière nous des ruines, des cafés, des mosquées, des groupes de touristes et des supermarchés. Soudain, la mer apparait. D'un coup, sans prévenir, aussi simplement que si c'était la Sprée, ma rivière ; mais non, c'est bien la mer. Elle se blottit contre la ville, comme si elle en était amoureuse. Des mouettes crient, le soleil se reflète sur l'eau et je songe que je ne pourrai plus jamais regarder la Sprée sans que le Bosphore me manque. Nous descendons du bus.

– C'est mille fois mieux que l'Uckermark ! rit Charlie.

Elle a tellement de taches de rousseur maintenant que j'ai cessé de les compter. J'ai l'impression qu'il en apparait de nouvelles à chaque seconde.

– Vous avez faim ? interroge papi.

Il montre du doigt une petite ruelle latérale à côté du Grand Bazar.

– Je veux absolument gouter le café turc, ajoute-t-il.

– Je crois que si je me mets au café turc, je vais m'envoler ! rit Charlie.

Je hoche la tête.

– Restez ensemble et ne me lâchez pas des yeux, ordonne-t-il. Faites attention à vous et tenez bien vos affaires. Si vous vous perdez, le point de rendez-vous sera toujours à l'entrée du bazar, compris ?

Il est certain que se perdre doit être facile ici. Les gens se pressent dans la ruelle. Un jeune homme qui porte trois sacs en plastique dans chaque main parle dans son téléphone portable, coincé entre l'épaule et l'oreille. Une femme, avec un foulard jaune sur la tête, tient un filet rempli d'oranges et de l'autre main, un enfant. Le petit veut s'arrêter parce qu'il croit avoir vu quelque chose par terre, mais sa mère le tire. Deux individus discutent en faisant de grands gestes. L'un d'eux manque de percuter une femme qui marche avec le dos de la main posé sur son visage. Elle s'écarte à la dernière minute et, sans cesser d'avancer, pousse un cri de colère.

Un homme, qui cherche quelque chose sur une carte, se fait bousculer et manque de perdre l'équilibre. Un autre, très grand, se faufile entre les passants et se fait interpeler par quelqu'un que je ne peux pas voir. Je ne comprends pas ce qu'il lui dit. Il y a tellement de gens dont je ne vois qu'un morceau : des pieds, une main, un cou qui s'étire. Certains marchent lentement, d'autres se dépêchent, certains demandent poliment qu'on les laisse passer, d'autres poussent pour se frayer un chemin.

– Compris, répond Charlie.

J'acquiesce, mais papi ne me voit pas, il s'est déjà engagé dans la ruelle étroite.

– Vite, suivons-le, lance Charlie.

Heureusement, son haut-de-forme qui surplombe toutes les têtes nous permet de le repérer dans la foule. Nous nous faufilons entre les clients des nombreuses échoppes qui ressemblent plus à des stands de marché qu'à de vraies boutiques. Des stores protègent les passants et les marchandises du soleil. On y trouve de la viande, des cuisses de volaille, des poulets et des saucisses qui se balancent au-dessus de nos têtes, du poisson sur de la glace et de gigantesques meules de fromage, que l'homme le plus costaud de la terre ne pourrait pas soulever. Il y a des olives aux couleurs et garnitures variées, des monticules d'épices jaunes, rouges et vertes. Des centaines de parfums qui se mêlent et me donnent des fourmillements au cerveau. Je vois des fruits, des légumes et des galettes de pain, grosses, petites, plates, épaisses, avec ou sans sésame. Partout, les vendeurs vantent leurs marchandises. Les gens font leur choix, puis commencent à marchander, d'autres pèsent les articles et les mettent dans des sacs.

– Là, annonce papi.

Et il s'arrête. Près de lui, s'empilent derrière un comptoir des paquets de café carrés, de tous formats, emballés dans du papier marron. Des clients boivent un café, d'autres achètent des sachets. Devant nous, un vieux monsieur dit quelque chose à une dame âgée. Elle secoue la tête.

Mon voisin le plus proche est un homme aux boucles brunes semblables à celles de Camilla. À ses côtés, se trouve une jeune femme au chignon désordonné avec deux appareils photo en bandoulière. Ils semblent du même âge que Lily. Un petit peu plus jeunes peut-être.

– Oh, non ! s'exclame-t-il.

En entendant ma langue maternelle jaillir du brouhaha, je tends l'oreille.

– À chaque fois, ça me fend le cœur, continue-t-il. Ils voudraient un paquet de café, mais ils ne peuvent pas se l'offrir.

– Et si on leur donnait l'un des nôtres ? suggère sa compagne.

Il hoche la tête et sort un paquet de son sac en toile de jute, puis il tapote le bras du vieux monsieur qui se retourne. Ils échangent quelques mots en turc, il lui tend le sachet et ils se sourient.

– Tu veux prendre un café ? propose-t-il ensuite à sa compagne.

Elle opine. Ils passent derrière le comptoir et se dirigent vers un petit escalier au fond du bâtiment. Je tire Charlie et papi par la manche et je les suis. À l'étage, je découvre une petite salle avec cinq tables sur lesquelles trônent des fleurs en plastique multicolores dans des pots blancs ornés de motifs. Je m'assois à leur table, même si toutes les autres sont libres. Charlie et papi restent debout, un peu agacés.

Charlie donne un coup de coude à papi.

– Ton petit-fils a définitivement perdu la boule, souffle-t-elle, si fort que nous l'entendons tous.

– Bonjour, dis-je.

– Bonjour, répondent les deux inconnus.

– J'ai une question qui va peut-être vous paraitre bizarre, mais je cherche mon père, ici, à Istanbul, et j'ai besoin de quelqu'un qui parle le turc.

– C'est toi, Gustav ? demande la jeune femme.

– Comment le savez-vous ?

– C'était quasiment sûr. J'ai fait un rêve il y a quelque temps…

Elle sourit.

– Je m'appelle Mila, et voici Umut.

Elle désigne le monsieur frisé. Mila porte trois chaines, deux bracelets aux chevilles et cinq aux bras. Elle a de très grands yeux et un petit nez avec un piercing sur la narine gauche. Je compte quatre trous dans ses oreilles. Trois d'un côté, un de l'autre.

– Salut, fait Umut. J'ai comme l'impression qu'on va pouvoir vous aider.

– Nous aidons toujours, confirme Mila. De quelles informations disposez-vous au juste ?

Maintenant, Charlie s'assoit. Et papi aussi.

– J'ai complètement oublié de me commander un moka, déclare-t-il.

– Je m'en occupe, répond Umut.

– Avec quatre petits pains ronds au sésame ! lance Charlie. J'ai une de ces faims, vous n'avez pas idée.

Umut acquiesce, se lève et descend l'escalier.

– En fait, poursuit Charlie, on a le nom du père de Gustav et une vieille photo. Montre-lui, Gustav. Et on sait aussi qu'il a travaillé dans le Grand Bazar.

– Quand ?

– On ne sait pas trop. On ignore aussi s'il est encore là, mais on l'espère.

– OK, répond Mila.

Je sors la photo de ma poche et je la lui tends.

– Ton papa travaillait dans un cirque ?

Je hoche la tête.

– Cool ! s'exclame-t-elle.

J'opine de nouveau. Très cool même.

– Bon, direction le Bazar ?

– Dès que j'aurai bu mon moka, tempère papi, qui semble avoir bien besoin d'un petit remontant.

Il a le teint légèrement blafard, mais peut-être est-ce dû aux néons de la pièce qui sont allumés en dépit du soleil éclatant qui règne dehors.

– Nous allons au Bazar ? lance Umut. Cette fois, je n'essaierai pas de marchander.

Tout sourire, il pose sur la table un miniplateau argenté avec trois petites tasses de café dessus.

– Ce n'était pas glorieux la dernière fois.

– Pas vraiment, non, rit Mila. Et pourtant, quand on va aux puces, tu te débrouilles super bien.

– Les commerçants sont plus faciles à amadouer chez nous. Ici, ce sont des durs à cuire.

Mon père est-il un dur à cuire aussi ? Je jette un coup d'œil par la fenêtre. Dehors, on aperçoit les vieux murs élevés du Grand Bazar.

Quelque part à l'intérieur de cette enceinte, se trouve peut-être l'homme à tout faire du cirque, le marchand du Bazar, le grand amour, l'ami, l'expulsé, mon père. Mes doigts tambourinent sur la table.

– Ouah ! lâche Mila en reposant sa tasse avec un frisson.

Du marc de café s'est accumulé au fond. Je le désigne du doigt.

– Pour préparer un moka, on verse le café directement, sans le filtrer. Et il se dépose au fond, explique-t-elle.

Je hoche la tête.

– Pourquoi êtes-vous là ? demande Charlie.

– Nous venons voir ma famille, une partie du moins, répond Umut.

– Et nous visitons Istanbul, ajoute Mila. C'est une première pour moi.

– Pour nous aussi, dit Charlie. En ce qui concerne la famille en tout cas.

– Un loukoum ? propose Umut.

Il nous tend une boîte blanche en carton ornée d'une inscription dorée. À l'intérieur, se trouvent de petites friandises blanches.

– Qu'est-ce que c'est ? interroge Charlie.

– Des loukoums, une spécialité turque, explique Umut. Ceux-ci viennent du magasin préféré de mon père. *Haci Bekir*.

– Avec plaisir, acquiesce papi et il prélève l'un des petits cubes.

Charlie et moi l'imitons. Avec son gout sucré et fruité, il fond dans la bouche et ne ressemble à aucune friandise connue.

« Pourvu que le sucre équilibre mes esprits », dis-je à Agatha.

« Courageux est celui qui connait ses peurs », répond-elle.

Et je ne peux m'empêcher de penser aux moments que je passais près de Mme Nowak, assis sur le banc avec elle. J'ai l'impression que cent ans se sont écoulés depuis.

DIX-NEUF

Charlie chasse deux colombes posées devant l'entrée du Grand Bazar. Elles s'envolent et atterrissent sur le toit.

– Maintenant, ça devient sérieux, déclare-t-elle.

Je confirme :

– Maintenant, ça devient sérieux.

– Allons-y ! lance Umut.

Et nous entrons dans la gigantesque galerie. Le Grand Bazar, immense et confus à l'image d'Istanbul, est un tourbillon de voix et de gens, de couleurs, de bruits et de ruelles aussi enchevêtrées qu'un labyrinthe. Cinq minutes à peine après être entré, j'ai l'impression que je serais incapable de retrouver la sortie seul.

Ici, on peut acheter des savons et des serviettes spéciales.

– C'est pour le hammam, une sorte de bain de vapeur avec davantage de mousse, explique Umut.

On trouve aussi des sacs à main et à dos, des assiettes et des tasses colorées, des bijoux en tout genre, des lampes multicolores à motifs.

– Oh, j'aimerais trop en avoir une ! souffle Charlie à chaque fois que nous passons devant un stand qui en vend.

Il y a des épices et des bonbons, des baskets, des tapis, de vieux meubles, des instruments de musique, des foulards, des livres reliés en cuir, des robes, des diffuseurs de parfum et des denrées alimentaires. Quand ce n'est pas moi qui tire Charlie, c'est elle qui doit m'attraper par le bras, car à tour de rôle, nous nous arrêtons, émerveillés par les couleurs, les formes, l'or et l'argent, les odeurs et les histoires qui se cachent peut-être derrière les objets. Même ainsi, nous avançons lentement, parce qu'il y a un monde fou et que tous se pressent dans les galeries à une allure d'escargot. J'essuie mes mains moites sur mon pantalon. Les marchands nous interpellent en permanence. Ils profitent de chaque regard furtif que nous jetons aux étalages pour nous vanter leur marchandise. Ils essaient de nous parler dans toutes les langues. Ils tentent d'abord l'espagnol avec Umut, l'allemand avec Charlie et Mila, l'italien avec papi et le turc avec moi. À chaque nouveau stand, je pense : cette fois, Emilio va apparaitre. Maintenant. Maintenant. Maintenant.

J'ai donné sa photo à Umut qui la montre aux commerçants. Ils échangent quelques mots en turc, puis les marchands haussent les épaules, secouent la tête et finalement lèvent la main en signe d'excuse.

Hayır signifie non, ça, je l'apprends vite.

– Il ne faut pas perdre espoir, déclare Umut.

Nous avons tourné cinq fois, peut-être même six ou sept, les chiffres se bousculent dans ma tête, comme les clients dans les ruelles.

– Elle va bientôt arriver, affirme-t-il.

– Qui ?

– La magie.

Donc je l'attends. Mais je ne vois que des non, des signes de tête négatifs, et des mains désolées qui se lèvent. Je jette un regard à Umut : elle ne marche pas, ta magie.

– Tu es plutôt du genre sceptique, toi ? demande-t-il.

– Il n'a pas encore basculé de l'autre côté, confirme Charlie qui appuie ces mots d'un coup de coude dans mes côtes.

– Qu'il bascule ou pas, ça va bien se passer, fait Umut avec un clin d'œil.

Je frotte légèrement le pendentif du collier de la maman de Charlie, pour mettre toutes les chances de mon côté. Umut s'arrête devant le marchand suivant, il s'apprête à lui parler lorsque celui-ci l'interpelle :

– Umut ?

Umut acquiesce. Je demande :

– Il te connait ?

– Il a entendu parler de nous. Ici, la rumeur se propage vite.

Ensuite vient une ribambelle de mots que je ne comprends pas, puis l'homme semble montrer un itinéraire à Umut, il lève le bras et pointe devant lui, puis à droite et encore à droite.

–*Teşekkürler*, dit Umut.

Puis il nous explique :

– Il connait quelqu'un qui connait quelqu'un qui connait Emilio. Nous devons aller dans cette direction. Manifestement, le téléphone arabe fonctionne bien dans les galeries.

D'abord cela me semble une bonne chose, puis à la réflexion, plus du tout. Que se passera-t-il si Emilio apprend que son fils le cherche avant que celui-ci le trouve ? Et s'il ne veut pas me voir ? S'il en profite pour s'enfuir en se faufilant dans les ruelles ou se cacher sous un étalage pour m'échapper ? Sur un stand, des yeux me regardent fixement. On les appelle des *nazars*, des talismans censés vous protéger du mauvais œil, sauf que là, ce sont eux qui me jettent des regards bizarres, et ils sont plusieurs centaines. Soudain, j'ai un mauvais pressentiment, comme si quelque chose se préparait, un malheur, et voilà que je me sens à l'étroit ici, et je songe qu'il faudrait peut-être laisser tomber, qu'il vaudrait mieux qu'on s'en aille. Umut discute avec un second marchand qui nous adresse à un collègue. Lorsque nous arrivons devant lui, il hoche la tête, il sourit.

– Il le connait, explique Umut.

– Emilio, confirme l'homme.

Mais papi respire bruyamment.

– De l'air…, râle-t-il.

Puis il tombe. Il s'effondre au ralenti, ou du moins, c'est l'impression qu'il me donne. Je distingue avec précision chaque étape de sa chute. Son corps qui se penche lentement, se rapproche de plus en plus du sol, ses yeux qui se ferment, les mouvements qu'il ne fait pas, ce bras qu'il ne lève pas, ce choc qu'il ne cherche pas à amortir, sa tête qu'il ne protège pas. Je le vois s'écraser sur ses épaules, puis sur son bras, et je regarde sa tête taper contre le sol, et Miffler atterrir doucement sur lui, l'air perplexe. Soudain, je disparais, ou plutôt, c'est le reste du monde qui disparait, je vois le Bazar et papi allongé sur le sol en pierre comme si j'étais sous l'eau. Comme quelqu'un qui regarderait par un hublot et chercherait à apercevoir le ciel. Ça gargouille dans mes oreilles. Mila et Umut sont penchés sur papi, ils lui prennent le pouls, inspectent ses narines, le genre de scène que l'on voit souvent à la télé, dans ces séries qui continuent de défiler sur l'écran alors que maman est endormie depuis longtemps. Sauf que cette fois, c'est réel. Umut glisse ses bras sous la tête et les genoux de papi, puis il le soulève comme s'il était tout léger, ce qu'il est probablement, et tandis qu'il s'engage dans le couloir, il crie :

– *Açıl ! Açıl ! Açıl !*

J'imagine qu'il veut que les passants lui fassent de la place afin d'évacuer papi le plus vite possible.

– Viens, m'enjoint Mila.

Je ne bouge pas.

– Gustav, insiste Charlie.

Je ne bouge pas.

– Allez, bonhomme, tout ira bien, ajoute Mila.

Je n'en crois pas un mot.

– Je vais te porter sur mon dos, d'accord ?

Elle s'accroupit devant moi. Charlie me touche délicatement l'épaule et me pousse vers Mila. Je grimpe sur son dos. Elle se redresse prudemment puis court derrière Umut.

Charlie, à côté de nous, s'accroche à la chemise de Mila, si fort que ses phalanges deviennent toutes blanches. J'enroule mes bras autour du cou de Mila.

– Respire, souffle Mila. Continue à respirer. Respire, c'est la peur qui te bloque, continue à respirer calmement et tu vas te sentir tout de suite mieux.

Alors je respire, je ferme les yeux, je respire et je me laisse porter.

VINGT

Je fixe le bleu pâle effrité du mur de l'hôpital. Le bleu est une belle couleur, parce que c'est celle de l'eau. Mais ce bleu-là, délavé et triste, n'est pas beau. Miffler est assis sur mes genoux. Charlie, toute petite et roulée en boule sur la chaise, dort près de moi d'un sommeil agité, Vida dans les bras. C'est bien qu'elle dorme. Avant, elle n'a cessé de pleurer. Tellement de morve et d'eau ont coulé de son nez et de ses yeux que j'ai bien cru que ça ne s'arrêterait jamais. Charlie qui pleure est un drôle de spectacle. Elle répétait :

– Je suis désolée.

– Ça va, tout va bien, ai-je tenté deux fois, même si je ne savais pas de quoi elle parlait au juste.

Probablement de ce voyage dont elle avait eu l'idée. Mais nous étions partis ensemble.

« Personne n'est responsable du destin », assurait parfois Mme Nowak.

Je suis fatigué, mais je ne peux pas dormir. Umut et Mila sont partis chercher du café au distributeur. Ils se sont occupés de tout. Ils nous ont amenés ici, ils ont discuté avec les médecins. Avec Lily aussi. Charlie leur a tout raconté. Elle leur a appris qu'on était seuls avec papi, que ma mère n'était pas au courant, qu'elle nous croyait dans l'Uckermark, que papi vivait en temps normal dans une maison de retraite et elle leur a donné tous les détails de la longue histoire. À la fin, Mila a déclaré :

– OK. On ferait mieux d'appeler la maman de Gustav maintenant. Si vous voulez, je peux m'en charger.

Charlie a demandé :

– T'es d'accord, Gustav ?

Mais on savait tous les deux que ce n'était pas une question. On ne pouvait pas rester comme ça, avec papi malade et Lily qui ignore tout. Alors Mila l'a appelée. Elle a fait les cent pas dans le couloir et elle lui a tout expliqué. Qui elle était, pourquoi elle utilisait mon téléphone, ce qui était arrivé à papi, ce qui nous était arrivé, et comment tout cela avait pu se produire. Puis elle lui a promis qu'elle resterait à l'hôpital avec nous. Elle lui a parlé avec calme et gentillesse, d'un ton amical, et elle a même souri, comme si tout pouvait s'arranger, comme si ce n'était rien, deux enfants dans un hôpital d'Istanbul, un grand-père en danger, et une mère qui n'est au courant de rien. Puis elle a raccroché.

– Elle vient, a-t-elle annoncé. Elle prend le premier avion.

Et soudain, je me suis senti complètement nul. Le plus gros crétin de la terre. Je me suis imaginé Lily obligée d'écourter les vacances dont elle se réjouissait depuis si longtemps, et de dépenser une somme énorme pour acheter un billet pour Istanbul.

– Il y a du nouveau ? demande Charlie qui se redresse et se frotte les yeux.

Je secoue la tête.

– Ta maman est arrivée ?

Nouveau signe négatif.

– Flute. Je pensais que j'avais assez dormi pour échapper à tout ça.

L'espace d'un instant, Charlie redevient Charlie, mais déjà, une larme s'échappe du coin de son œil.

– Je suis vraiment, vraiment désolée, OK ? lâche-t-elle.

– Il ne faut pas être désolée, tu ne nous as pas obligés à partir, dis-je.

Mila et Umut reviennent avec des gobelets de café et des sachets de biscuits.

– Voulez-vous manger quelque chose ? demande Mila.

Charlie et moi secouons la tête.

– OK, tout à l'heure alors. J'irai vous chercher quelque chose.

Un médecin s'approche de nous. J'étouffe. Mila s'assoit près de moi et me prend dans ses bras.

– Tout va bien se passer. Tu verras. Je ne te le dirais pas si je n'en étais pas certaine. Je m'en occupe.

« Je l'aime bien », décrète Agatha qui est posée sous ma chaise.

« Mouais. »

« Vraiment, insiste-t-elle. Je la crois. Même si elle invente tout. »

« Mouais. »

Le docteur s'entretient avec Umut, puis celui-ci se retourne vers nous et sourit.

– Bon. Pour l'instant, ton grand-père va bien. Il souffre de baisses de tension et a complètement oublié de prendre ses médicaments, voilà pourquoi il est tombé dans les pommes. Malheureusement, il s'est cassé le bras et il souffre d'une légère commotion cérébrale. Il s'agit d'une fracture simple et on lui a posé un plâtre. Il a pas mal de bleus aussi, mais il sera bientôt guéri.

Je suis soulagé.

– Est-ce qu'on peut le voir ? demande Charlie avant moi.

Papi est toujours papi. Il a un plâtre, ses cheveux sont un peu en bataille et il est encore très pâle, mais c'est bien lui.

– Papi ! s'écrie Charlie.

– Charlie ! s'écrie papi.

Et Charlie fond de nouveau en larmes.

– Allons, allons, il n'y a aucune raison de pleurer, déclare-t-il.

– Je suis désolée, hoquète-t-elle.

Je crois qu'on est condamnés à entendre indéfiniment la même chanson. Je m'approche de mon grand-père et je prends sa main valide. Je la serre avec précaution. Il me semble plus fragile.

– Je suis désolé, Gustav, on était si près du but, commence-t-il. J'ai remarqué quelque chose, figure-toi : peut-être suis-je vieux. Et il se pourrait aussi que je devienne un peu distrait. Hum…

Il se gratte le nez.

Je hoche la tête.

– Et peut-être ne vous l'ai-je pas avoué, consent-il. Vieillir, c'est vraiment terrible parfois. Je sais, on vous apprend à ne pas parler ainsi, mais c'est absurde, il ne faut pas avoir peur d'appeler les choses par leur nom. La maison de retraite aussi, c'est terrible. Je voulais tellement en sortir, vois-tu, pour vivre encore une aventure. La douceur de l'air de l'été, l'asphalte chaud, le scintillement de la chaleur au loin, les lumières, les bars le long de la route. Se précipiter dehors et profiter des merveilles du monde. Je pensais que je me devais bien ça, que je te devais bien ça. Je me suis dit que pour une fois, tu méritais de partir en vacances, je voulais que les choses s'améliorent, que ces ombres qui nous entourent continuellement se dissipent. Je veux tellement que tu sois insouciant et heureux. Alors, je me suis dit : fini de rester assis et d'attendre la mort, je prends la route pour vivre la plus grande aventure de ma vie.

– De notre vie, dis-je.

– Non, Gustav.

Sa voix flanche un peu, mais ses yeux restent joyeux.

– Ce qui s'est passé est la plus grande aventure de ma vie. Pour toi, c'est une grande aventure, certes, mais ce n'est pas la plus belle. Ce n'est qu'une aventure parmi toutes celles à venir. Mais souviens-toi toujours que…

Il s'interrompt.

– Donne-moi de quoi écrire.

Je lui tends un bout de papier et un stylo. Il griffonne quelques phrases, un peu maladroitement semble-t-il, parce qu'il doit se servir de sa main gauche, puis il me rend le papier :

– Tiens, pour que tu n'oublies pas. Mais en vérité, je ne me fais pas de souci. En cas de besoin, tu pourras toujours compter sur Charlie pour te rafraichir la mémoire.

Il fait un clin d'œil à Charlie qui est en train de se servir de son T-shirt comme mouchoir.

– Très élégant, commente Umut avec un sourire.

– Oh, ça va, marmonne Charlie en lui jetant un regard qui signifie : « Ferme-la ! »

Je lis ce que papi a écrit.

Rien n'est possible sans rêves, Gustav. Aucune maison, aucune image, aucun texte, et probablement, aucun cirque n'aurait existé si quelqu'un quelque part n'avait pas rêvé de faste et de paillettes, de chapiteaux en toile rayée et de lions apprivoisés.

Je lui souris. Il me répond par un sourire en coin.

– Quelle sera la prochaine étape ? demande Mila.

– Nous attendons ma fille et l'orage du siècle qu'elle ne va pas manquer de déclencher. Ensuite, nous réfléchirons à ce que nous devons faire pour retrouver Emilio. Je ne quitterai pas cette ville sans avoir mené à bien notre mission. Mais avant, je ferais volontiers un petit somme.

– OK, acquiescent-ils tous, sauf moi.

Et nous sortons de la chambre.

VINGT-ET-UN

Je vois Lily de loin. Bien qu'elle soit à peine engagée dans le couloir, l'expression de son visage me frappe. Elle semble furieuse et très inquiète. Il y a autre chose aussi, mais je ne parviens pas à déchiffrer cette émotion. Je serre les dents et les poings.

– Enfin, Gustav, qu'est-ce qui vous a pris ?

Elle se plante devant nous. Je n'avais jamais remarqué qu'elle avait une ride si profonde entre les sourcils.

– Tu imagines la peur que j'ai eue ?

Elle me prend dans ses bras et me serre contre elle. Il n'y a plus un centimètre d'air entre nous.

– C'était très courageux de ta part…, ajoute-t-elle.

Elle ne peut retenir un demi-sourire.

– … et assez stupide aussi.

– Je suis désolé. Je voulais tout arranger. Je voulais qu'on forme une famille, que tu aies moins besoin de travailler, que tu sois moins triste. Et je voulais un chien.

– Mais on forme déjà une famille ! Parfois, tout n'est pas rose, il arrive qu'on soit tristes. On a le droit. Cela fait partie du lot. Même moi, je peux. Et un homme, quel qu'il soit, ne sera jamais la solution, Gustav. Même si, bien sûr, tu peux faire la connaissance de ton père. Promets-moi qu'on se parlera davantage à l'avenir, OK ?

– OK, dis-je. Et je ne me comporterai plus comme un idiot avec ton copain.

Lily me caresse la tête :

– Ça va aller.

La suite jaillit de mes lèvres :

– Un jour papi a dit à Emilio qu'il devait te quitter. Parce qu'il se faisait du souci. Mais quand même…

Elle acquiesce et sourit :

– Je sais, Gustav, je sais. Emilio et moi en avons discuté ensemble. Et ce n'était pas la faute de papi. J'étais vraiment amoureuse d'Emilio, mais on avait une vision différente de la vie. Papi n'avait pas besoin de s'en mêler.

– C’est pour ça que tu lui en veux ? Que tu ne vas jamais le voir ?

– Je ne lui en veux pas. Et je lui rends visite parfois.

– Pas depuis deux ans.

– Oh ! OK. J’y travaille. Allez, je vais le rejoindre maintenant.

– Il ne manquait plus que ça ! hoquète Charlie près de nous.

Lily se libère de notre étreinte. Charlie tressaille :

– Je suis vraiment désolée, répète-t-elle encore.

Et elle se remet à pleurer. Je la fixe un instant, surpris.

– Allons, dit Lily, la première partie du voyage s’est bien passée. Et il ne vous est rien arrivé.

– À nous, non, répond Charlie en s’essuyant le nez sur le dos de sa main.

– Charlie ! dis-je.

Et je cogne gentiment mon épaule contre la sienne.

– Vraiment, me souffle-t-elle à l’oreille. Vraiment. Je voulais juste apporter des réponses à tes questions, pas que ton papi s’écroule comme un château de cartes.

– Il se sent déjà mieux, dis-je. Et de plus…

Je sors la feuille de papi et je la complète :

On manque d'imagination parfois,

Alors il arrive qu'on ait besoin

Que quelqu'un rêve à notre place.

Et je le tends à Charlie. Elle sourit, le menton tremblant.

– Quand tu seras grand, Gustav Socier, je t'épouserai, annonce-t-elle.

– Eh bien, tu n'es pas ordinaire, toi, commente Mila.

– En union libre, précise Charlie.

– Ces enfants sont diablement intelligents, s'esclaffe Mila.

Lily hausse les sourcils et s'exclame :

– Ah, ça oui !

Puis elle se tourne vers Mila :

– Merci pour tout, vous avez été vraiment gentils.

– Ce n'est rien.

– Où est Umut ? interroge Charlie.

– Il mène l'enquête, répond Mila.

Et elle nous lance un clin d'œil.

VINGT-DEUX

Emilio habite sur une ile. Pour aller chez mon père, il faut donc prendre un bateau, et ça, ça me plait.

– Ma mère dirait que c'est le destin, a déclaré Charlie.

Nous sommes à l'embarcadère, assis sur des chaises en plastique blanc, Charlie avec Vida dans les bras, Agatha, Mila, Umut, Miffler, qui a survécu à sa chute sans aucune blessure, papi et moi. Lily est restée à Istanbul.

– Je ne suis pas prête à revoir Emilio, m'a-t-elle expliqué. J'ai tourné la page. Mais je comprends que tu aies envie de le rencontrer.

Il semble qu'il y ait peu de chances qu'ils se remettent ensemble. Je ne sais pas si cela me rend triste ou pas. Je suis tellement surexcité que je suis incapable de réfléchir à la question. C'est Umut qui a découvert où habitait mon père. Il est retourné au Grand Bazar et il a appris qu'Emilio n'y travaillait plus depuis longtemps. Il est aux iles des Princes où il s'occupe de l'entretien de maisons.

– Les iles des Princes sont un archipel situé au large de la côte d'Istanbul. Elles tiennent leur nom de l'empereur Justinien Ier qui avait fait construire là-bas un palais à son neveu Justin II, lit Charlie à haute voix. J'imagine qu'aujourd'hui on voit davantage de gens normaux que de princes.

Puis elle ajoute :

– J'espère qu'Emilio n'a pas encore déménagé. Qu'est-ce qu'il y a après les iles des Princes ? La Grèce ?

Papi renifle, Umut éclate de rire :

– Exactement !

– Alors là, je n'aurai plus assez de slips propres, annonce Charlie. Seras-tu très triste si on ne le retrouve pas ?

Je hausse les épaules. J'ai décidé de ne plus réfléchir autant et de ne rien m'imaginer du tout, parce qu'à chaque fois, les choses ne se passent pas comme je me l'étais représenté.

– Tu n'es toujours pas une pipelette, hein, soupire Charlie avec une pointe de reproche.

Je hausse de nouveau les épaules.

– Tu es impatient ? demande Mila, comme si elle pouvait lire dans mes pensées.

Elle a posé la question d'une voix si basse que personne d'autre ne l'a entendue. Je hoche tout doucement la tête, pour que personne d'autre ne le voie.

– Je comprends tellement ! souffle-t-elle. Mais quoi qu'il arrive, nous sommes là.

Je souris et je sirote mon jus de grenade. Des stands avec d'énormes presse-agrumes en acier, suffisamment solides pour extraire le jus des grenades, sont installés à tous les coins de rue. Je raffole de cette boisson. Charlie met ses lunettes de soleil aux grands verres tout ronds.

– Salut, John ! s'écrie Mila.

– Hein ? grommelle Charlie.

– John Lennon, précise Mila. À cause des lunettes.

– Connais pas.

– Le gars des Beatles, explique Umut.

– Les Beatles ? Qui écoute les Beatles aujourd'hui ? s'étrangle Charlie. Je ne suis pas ringarde, moi !

– Ne la laisse jamais partir, me conseille papi.

– À propos de musique, quelle est votre chanson d'Istanbul préférée ? demande Charlie à Mila et Umut.

– *Istanbul* du groupe Orient Expressions, répond Umut. Mais il y a tellement de musiques sur Istanbul ou qui me rappellent Istanbul. Ma liste est longue comme le bras.

– Il nous la faut en entier ! exige Charlie.

– Je vous ferai une playlist que je vous enverrai quand on sera rentrés.

– Tope là ! s'écrie Charlie.

Tous éclatent de rire, puis le ferry accoste et nous pouvons monter à bord. Nous nous installons sur les étroits bancs en bois du pont. Le bateau quitte le quai. Sur la rive, les maisons s'empilent, se serrent les unes contre les autres ; on dirait que celles de derrière lèvent la tête pour apercevoir la mer. Je brise un pain au sésame et je jette de petits bouts aux mouettes. Elles volent de long en large autour du ferry, se rapprochent, attrapent au vol un morceau, s'éloignent et reviennent. Charlie ferme les yeux.

Papi regarde la mer. Mila et Umut se font un petit câlin.

« Les amis apparaissent là où on les attend le moins », déclare Agatha.

« Tu parles comme une personne âgée, maintenant. »

« On devient plus sage avec le temps. »

Et elle ajoute :

« On n'aurait pas pu rêver mieux comme amis pour toi. »

« Oui », réponds-je, et j'inspire, puis j'expire deux fois.

L'air du dehors est très différent ici, il est frais et clair.

« Je crois que les iles des Princes vont me plaire », ajoute Agatha.

Je songe :

« On verra bien. »

VINGT-TROIS

Une femme qui monte à cheval sans selle nous dépasse.

« Tu vois, je me sens bien ici », déclare Agatha.

La cavalière remonte la rue au galop, puis bifurque dans une ruelle latérale. Il n'y a pas de voitures ici. Juste des chevaux, des calèches et des vélos. Les maisons semblent très vieilles. Elles ont toutes des volets et des vérandas et sont richement ornées. Le bois avec lequel elles ont été construites est peint en blanc, et aussi en couleurs malmenées par l'air marin. Des palmiers poussent dans les jardins où s'épanouissent un nombre incalculable de fleurs.

Peut-être le bateau était-il une machine à remonter le temps qui nous a transportés directement dans le passé ?

– C'est quoi, la suite ? interroge Charlie. On loue une calèche et on parcourt l'ile en criant : Emilio ! Emilio ! Emilio ?

– C'est exactement ce qui est prévu, dis-je.

– En vrai ?

– Non.

– Ça m'aurait étonnée. Je te vois mal faire ça. Alors, quel est le plan ?

– Je n'ai pas de plan précis.

– J'ai pensé qu'on pourrait recommencer à interroger les gens, propose Mila. Mais personne ne tombe dans les pommes, cette fois, OK ?

– Je ferai mon possible, promet papi en faisant la moue.

Et il essaie de croiser les bras, mais ça ne fonctionne pas très bien avec son plâtre.

– Allons-y, déclare Umut.

Charlie acquiesce, elle brule de passer à l'action.

Umut marche en tête. Nous entrons d'abord dans un restaurant du port, puis chez un loueur de vélos, ensuite dans un minuscule supermarché, qui ressemble plus à un kiosque qu'à un magasin, mais où l'on trouve de tout, ou du moins un peu de beaucoup de choses, et enfin, nous questionnons un cocher, tout maigre et rabougri, comme son cheval.

– Il connait Emilio ! s'exclame Umut. Il peut nous conduire jusqu'à lui.

Nous grimpons dans la calèche en nous serrant. Puis les chevaux se mettent à trotter. Quand des promeneurs marchent au milieu de la route, le cocher rugit et ils se rabattent sur le côté. Enfin, nous nous arrêtons et il tend l'index vers la gauche. Nous descendons. La maison est immense.

Je murmure :

– Ouah !

– Il est riche, ton papa, commente Charlie.

La demeure, située au numéro trente-et-un de la rue, donne directement sur la mer. Elle compte trois étages entourés de balcons ; tout en haut, on peut voir une tour avec de gigantesques vitres colorées. L'entrée ressemble à celle d'un palais avec ses statues et ses colonnes. Charlie suit du doigt les arabesques du portail en fer forgé.

– Il a dû drôlement bien gagner sa vie sur le Bazar, commente-t-elle.

J'essaie de me représenter l'homme de la photo, avec sa moustache et son grand sourire, vêtu d'une simple salopette, sur l'un des balcons, face à la mer ou en train de traverser les pièces, mais l'association ne marche pas très bien.

– On est sûrs de l'adresse ? demande papi.

– Je crois, répond Umut. Sauf si le cocher nous a arnaqués.

– Ce n'est pas en restant plantés là qu'on le saura, tranche Charlie.

Et elle appuie sur la sonnette. Personne n'ouvre. Elle recommence. Sans résultat. Maintenant, je ne suis plus surexcité du tout. Le vent a balayé toute l'impatience de ma tête. Elle git quelque part, au fond de la mer. En vérité, j'ai l'habitude d'être sur le point de voir mon papa, puis en fait non. C'est presque devenu normal, comme pour certaines personnes de fermer une porte, de lever l'ancre ou de faire cuire des pâtes.

– Peut-être qu'il n'est pas là, dis-je.

– Les lieux ont l'air déserts, confirme Mila en désignant les volets fermés.

Je soupire :

– Je l'avais bien dit.

– J'y vais ! lance Charlie.

Elle jette son sac à dos par-dessus le mur et commence à l'escalader.

– Attends ! dis-je. Je viens avec toi.

– OK, c'est parti !

– Attention, c'est très haut, s'exclame Mila.

Nous nous accrochons à une plante grimpante pour descendre jusqu'au sol.

– On est bons ! lance Charlie quand nous sommes arrivés en bas.

Je souris, puis on se faufile vers la maison, à pas furtifs, comme si quelqu'un nous épiait derrière les volets, quelqu'un qui s'attendrait à voir surgir deux enfants qui auraient escaladé la clôture. Mais même quand nous atteignons l'arrière de la maison, personne ne se montre à la porte.

– La vache ! s'écrie Charlie. Ça, c'est une belle vue !

Elle parle de la mer. Le vert du jardin qui soudain s'arrête pour laisser directement place au bleu de la mer. Si on avait le même paysage devant notre immeuble, je parie que toutes les chaises seraient installées sur les balcons, au besoin, les gens s'assiéraient sur les caisses de bière vides.

On s'en ficherait, dans le bon sens du terme. C'est comme ça avec la mer, on se fiche de tout, dans le bon sens du terme.

– Hé, Gustav, viens voir !

Charlie me fait signe de la main. Elle se tient à l'angle de la maison, la tête tournée sur le côté.

– Je crois qu'on l'a trouvé !

Je regarde Charlie, puis je me retourne et je continue de contempler la mer. Je distingue trois bateaux. J'essuie mes mains à mon pantalon. Je parie qu'ici, il y a beaucoup de bateaux à compter ; on doit pouvoir y consacrer la journée entière et ne jamais s'ennuyer.

– Tu viens ou tu préfères contempler la mer ?

Les vagues bruissent dans mes oreilles. À moins que ce ne soit mon sang qui circule à toute vitesse dans mon corps. Je fixe le sol et je repère un galet vraiment rond, un peu plus grand qu'une pièce de deux euros. On dirait qu'il a été tracé au compas. Il brille au soleil. Je le ramasse.

– Allez, Gustav ! Magne-toi ! me presse Charlie.

Je pourrais me retourner, faire le chemin inverse, escalader le mur et prétendre qu'on n'a rien trouvé. Je pourrais aussi lancer : « J'ai changé d'avis, les amis. Allons manger une glace. »

Mais je n'ai pas parcouru deux-mille-deux-cent-quatre kilomètres en voiture pour manger une glace. Alors, je rejoins Charlie. Je m'arrête à côté d'elle et je regarde avec précaution ce qui se cache au coin de la façade. Une maison près de la maison, mais beaucoup plus petite. On ne voit pas le toit d'en haut, car il est caché par des plantes grimpantes. Elle se tient tout près du mur, comme si elle voulait se cacher. Elle a quatre petites fenêtres en bois à l'avant, toutes peintes en bleu. Elle est blanche, comme sa grande sœur. Un homme est assis sur un banc devant la maison. Il porte des tongs, un short et un maillot de corps. Il a un chapeau sur la tête et il tient un journal qu'il ne lit pas. Les cheveux qui dépassent du chapeau sont ébouriffés. Il n'a plus la barbe qu'il portait sur la photo. Il ferme les yeux et offre son visage au soleil. Mon père se fait bronzer. Je m'étais imaginé les choses différemment. Je ne pensais pas que je me cacherais à l'angle d'une villa et que j'observerais mon papa en train de prendre des couleurs. Il est déjà hâlé, du moins son visage et ses bras, qui sont comme sur la photo et laissent penser qu'il soulève souvent des objets lourds. Dans mes rêveries, on se comprenait au premier regard.

On faisait des blagues, on riait, on discutait de Lily et de ses petites habitudes. Il m'apprenait qu'il aimait bien collectionner les objets et qu'il avait trois chiens. Je ne me suis jamais figuré que je le dévisagerais en douce, comme un psychopathe.

– Regarde, il y a une autre entrée sur le côté, c'est là qu'on doit sonner si on veut le voir, déclare Charlie.

Et elle rebrousse chemin. Je jette un dernier regard à Emilio, assis là, qui ne se doute de rien. Dans cinq minutes, tout va changer. Je me retourne et je suis Charlie.

– Mieux vaut ne pas lui sauter dessus, il risquerait une crise cardiaque avec le soleil, explique-t-elle.

– Depuis quand es-tu si attentionnée ?

– Je n'ai aucune envie de voir un autre homme s'effondrer devant moi.

Nous avons beaucoup plus de mal à grimper le mur qu'à le descendre. Les autres doivent nous aider.

– Alors ? demande Mila.

– On a trouvé une autre entrée, un père, et une maison à côté de la maison, résume Charlie.

– Je le savais. Tout ça ne ressemblait pas à Emilio, marmonne papi dans sa barbe.

Et il sourit.

L'accès à la deuxième entrée se fait par une ruelle latérale. Aucun nom ne figure sur le portail qui est bien plus petit que l'autre. Il ne m'arrive qu'au nombril, mais la sonnette est là. C'est moi qui sonne cette fois. Nous attendons. Je suis devant, derrière moi, se tient papi, à ma gauche, Mila et Umut, et à la droite d'Umut, Charlie. On dirait qu'on pose pour une de ces photos que l'on prend pour les occasions spéciales. Comme si c'était la rentrée des classes, ou un évènement du même genre, et qu'ils étaient tous là pour fêter cette journée avec moi. Emilio arrive. Son visage affiche une expression interrogative. Manifestement, il n'attend pas de visite et le voilà devant ce groupe bizarre de gens qu'il ne connait pas. Peut-être pense-t-il que nous nous sommes trompés. Papi pose sa main valide sur mon épaule :

– On pourra partir à tout moment.

Je hoche la tête. C'est drôle, il ne se passe pas grand-chose à l'intérieur de moi. Pas de vagues de sentiments qui me submergeraient, pas de tempête, pas de naufrage.

– *Merhaba*, lance Emilio sans ouvrir le portillon.

– *Merhaba*, répondons-nous en chœur.

– *Size nasıl yardımcı olabiliyim ?*

– Il demande comment il peut nous aider, traduit Umut.

– Bonjour, Emilio, dit papi.

Le front d'Emilio se plisse, ses lèvres se pincent, puis quelque chose passe sur son visage, une expression furtive, comme un nuage poussé par le vent qui soudain cacherait le soleil.

– Joseph, croasse-t-il.

Il a la voix du matin, celle des premiers mots que l'on prononce la gorge sèche. Manifestement papi ne lui a pas particulièrement manqué.

– Emilio, répète papi. Bonjour. On ne s'est pas vus depuis longtemps, dis donc !

Je me mords les joues pour ne pas rire. Il dit ça comme s'il ne s'était rien passé entre eux. Comme si rien ne s'était passé du tout, comme s'il ne venait pas de faire des milliers de kilomètres pour le retrouver, comme s'ils venaient de se rencontrer par hasard au supermarché. Emilio a juste l'air surpris.

– En effet, déclare-t-il.

Et il ouvre le portillon.

– Qu'est-ce que tu fais là ? demande-t-il.

– J'avais quelque chose sur le cœur, répond papi.

– Ah bon, fait Emilio.

Il tient toujours la poignée du portillon ouvert, et nous sommes toujours devant.

– *Byurun ! Girin içeri, misafirim olun*, lance-t-il enfin.

– Il nous prie d'entrer, nous sommes ses invités, traduit Umut.

Derrière moi, Charlie pousse un soupir. Peut-être a-t-elle pensé que nous allions échouer si près du but. Même si je ne sais plus quel était ce but au juste. Nous franchissons le portail qu'Emilio referme derrière nous. Jusque-là, cet homme, qui est censé être mon papa, ne m'a pas accordé un seul regard. Il n'a pas failli s'étouffer, il n'est pas tombé dans les pommes de frayeur, il n'a pas sauté de joie, il ne m'a pas pris dans ses bras, il n'a pas pleuré de bonheur ni de tristesse, il ne s'est pas mis en colère parce qu'il venait seulement d'apprendre la nouvelle, il ne nous a pas chassés parce qu'il ne voulait rien savoir, il n'a pas demandé cent fois : « Est-ce vraiment vrai ? »

Il ne s'est pas exclamé non plus : « Enfin, tu m'as retrouvé, mon fils ! »

Il n'a pas expliqué que toute cette histoire était une grossière erreur, qu'il n'avait été qu'un ami pour Lily et qu'en réalité, Lily lui avait confié que le père était un capitaine de navigation fluviale. C'est bizarre de traverser une centaine de pays étrangers avec une lampe de chevet et une algue, de risquer de gros ennuis avec sa mère, de manquer se faire tuer par un coup de fusil, d'arriver enfin et de constater qu'il ne se passe rien. Il fait froid dans la maison. Je suis les autres comme un robot-chien. Nous empruntons le couloir, traversons le salon où une image fixe de Fortnite clignote sur l'écran du téléviseur, puis nous sortons dans le jardin par la porte de derrière. Emilio désigne des chaises.

– Il a vraiment tes oreilles, murmure Charlie.

– Comment s'appellent tes amis ? demande Emilio à papi.

Papi nous présente en nous montrant du doigt :

– Umut, Mila, Charlie et Gustav.

Emilio nous serre la main à tour de rôle. La sienne est grande et rugueuse ; il me la tend de la même manière qu'aux autres. Nous nous asseyons. Je regarde vers la mer. Au bout du jardin, poussent sept palmiers ; le plus grand est le plus éloigné. À côté se trouve une chaise blanche, dont la peinture s'écaille lentement. Je m'imagine Emilio, assis à cette place, contemplant la mer pendant des heures, comptant les vagues.

– Donc…, commence-t-il.

Et il fait une longue pause, comme s'il devait d'abord chercher ses mots.

– Que faites-vous ici, à Büyükada ?

– Je te cherchais, répond papi. On te cherchait, tous.

– Je peux aller aux toilettes ? dis-je.

Je me lève et je rentre dans la maison. Je traverse très lentement le salon et j'essaie de tout mémoriser avec précision. Je vérifie les scores de Fortnite. Dans la salle de bains, je laisse de l'eau froide couler sur mes mains.

Les objets de la maison d'Emilio :

• Le tapis de la cuisine auquel on a retiré un coin pour qu'il puisse s'adapter parfaitement au réfrigérateur.

• Les latrines (on doit les nettoyer en jetant un seau d'eau que l'on remplit ensuite au robinet sur le mur).

• Les claquettes en plastique devant les latrines. (Une seule paire, bleu marine, beaucoup trop grandes, du moins pour moi.)

• Le vase avec des fleurs artificielles posé sur le rebord de la fenêtre du salon (des roses rouges, décolorées par le soleil et couvertes de poussière).

• L'œil bleu au-dessus de la porte.

• Le T-shirt sale d'Emilio, abandonné sur la chaise, dehors, près de la porte d'entrée (il est blanc à rayures rouge orangé, et je l'aime bien parce qu'il est très joyeux).

• La collection. (Un casier de rangement dans la chambre. Les compartiments sont remplis de bricoles : des capsules, un porte-clés, une épingle de sûreté, une noix, un bouchon d'évier, un briquet, un minuscule bout de tissu, une bague au crochet, une boucle d'oreille, un papillon mort, un chapelet, un bonhomme en plastique, une cheville, un demi-crayon à papier, des cartes à jouer, un sifflet. Celui qui n'y connaitrait rien penserait qu'Emilio entasse des déchets dans sa chambre. Mais moi, je m'y connais. Je suis un collectionneur et si ça, ce n'est pas une parfaite collection de poche, je veux bien manger mon chapeau.)

• Les dessins (accrochés dans le couloir et dans la chambre : de grandes feuilles format A5 sur lesquelles sont représentés des objets, des vases, des meubles, des statues).

• Le lion en porcelaine blanche avec sa crinière dorée qui trône sur l'étagère du couloir.

VINGT-QUATRE

Quand je retourne au jardin, papi vient à ma rencontre et se penche sur moi :

– Si tu veux, je peux lui parler d'abord.

Je secoue la tête.

– OK. Fais-moi un signe si tu changes d'avis.

J'acquiesce, puis je m'installe à table. Les autres sont en train de discuter :

– Je m'occupe d'entretenir cette maison, explique Emilio. Et d'autres aussi, quand elles ont besoin de réparations. C'est un bel endroit, mais je suis là depuis trop longtemps. Un de mes amis a peut-être un travail pour moi en Grèce. Ou alors, j'irai dans le nord. Je n'y suis jamais allé.

– N'est-ce pas fatigant de voyager autant ? interroge Mila.

– Absolument pas. J'adore ça. Je deviens nerveux si je ne bouge pas.

– Tu es vraiment bien ici, remarque papi en reprenant place à table.

– Oui, répond Emilio. En effet.

Puis tout le monde se tait, sauf la mer. Mila regarde Umut. Charlie balance ses jambes. Papi reste figé, comme parfois dans sa maison de retraite.

Soudain, Emilio se tourne vers lui :

– Comment va ta fille ?

Il ne semble pas en colère. Intéressé, plutôt.

– Bien. Plutôt bien, jusqu'ici.

– Tant mieux.

Je n'entends ni tristesse, ni regret dans sa voix. Il a l'air de se réjouir vraiment, comme si ce qui s'était passé avec Lily était très loin derrière lui.

– Lily est ma mère, dis-je.

Les mots tremblent, mais je les prononce très fort.

– Oh, lâche Emilio.

– Je crois que je vais aller faire un tour dans le jardin, annonce Mila.

– Je viens avec toi, embraye Umut.

– Super idée, le jardin, enchérit Charlie.

Tous trois se lèvent.

– Oh, répète Emilio.

Papi hoche légèrement la tête, puis lui aussi, il se lève et s'éloigne après avoir effleuré mon épaule de la main. Emilio penche la tête en arrière. Il glisse les doigts dans ses cheveux, les rassemble en chignon, puis les relâche.

– Oh, fait-il encore.

Oh, oh, oh. Les mots résonnent dans ma tête. *Oh, oh, oh.*

– Tu aimes les bateaux ? demande-t-il.

– Oui.

– J'en ai un.

Il se lève.

– Il est en bas.

Et il désigne la mer.

VINGT-CINQ

Ici, la côte est escarpée. Un petit escalier vermoulu s'agrippe à la falaise. En contrebas, l'eau clapote paisiblement contre les rochers. Une barque bleue est posée sur un modeste ponton en béton.

– Attention, les marches peuvent être glissantes, prévient Emilio.

Je me tiens en équilibre derrière lui en m'appliquant à ne pas déraper, même si la mer semble très calme. Une fois en bas, Emilio met l'embarcation à l'eau.

– Toi d'abord, annonce-t-il.

Il me tend la main et je grimpe prudemment dans la barque qui tangue. Je m'assois sur l'un des deux bancs en bois. Emilio hoche la tête, puis il monte, tire la rame à bord et nous nous éloignons du ponton.

Nous sommes assis l'un en face de l'autre, Emilio pagaye. L'air chaud tremblote et a le gout du sel. Une brume fraiche s'échappe de la mer.

Nous naviguons le long de la côte, je compte et je recompte les tourbillons sur l'eau, puis les coups de rame.

– À toi, décide Emilio au bout d'un moment.

Et il me tend l'aviron.

Je n'ai jamais ramé de ma vie. Il sort un paquet de cigarettes de la poche de son pantalon et en coince une entre ses lèvres.

– Fumer est mauvais, déclare-t-il. Ne goute jamais à ce truc.

Il allume sa cigarette, puis il désigne l'aviron.

– Je reprends les commandes ?

Je hoche la tête.

– À moins que tu ne fumes déjà ?

Je secoue la tête.

– Bien, approuve-t-il.

La cigarette pend toujours à ses lèvres. La fumée monte. Peut-être un signal de détresse secret.

– J'adore naviguer, déclare-t-il. Et j'aime la mer aussi. Rien ne me repose davantage.

– Pareil, dis-je. Mais à Berlin nous n'avons que des fleuves et des lacs.

– Je sais.

Puis il ajoute :

– Ça fait longtemps que je n'y suis pas allé.

Et il me regarde.

– C'est la première fois que je vois la mer, dis-je. Et la première fois aussi que je suis si loin de chez moi.

– C'était important pour toi.

J'acquiesce. Sur la rive, un chat se promène. Il est tout blanc et saute de pierre en pierre. Je pense à toutes les questions que j'avais. Aucune ne me vient à l'esprit.

– Regarde sous la banquette, commande Emilio.

Je plonge la main en dessous et je sors une petite caisse en bois. À l'intérieur, il y a des cailloux très plats.

– Pas mal, non ? sourit-il. C'est ma collection. Pour les ricochets. Il m'arrive souvent de ne pas avoir de travail, ce qui me permet d'avoir quelques passe-temps. Vas-y, essaie.

Je prends un des galets dans ma main et je le laisse s'envoler sur l'eau. Il rebondit trois fois avant de sombrer.

– Pas mal, commente Emilio. Passe-m'en un.

Il pose la rame et lance le caillou qui fait cinq ricochets.

– Question de pratique, déclare-t-il. Prends-en un, pour la Sprée.

Je fouille dans la caisse et j'en mets un dans la poche de mon pantalon. Il est totalement plat, noir et luisant. À travers le tissu, je sens sa masse froide contre ma jambe.

– Tu joues à Fortnite, dis-je.

– Oui. Je n'ai commencé que depuis quelques semaines, mais je me défends.

Je hoche la tête. Il lance son mégot dans la mer. Je le regarde couler.

– Ce n'est pas cool, dis-je. Ce truc pollue l'équivalent d'un litre d'eau et tue la moitié de tous les poissons qui nagent dedans.

– Ah ouais ? Comment tu le sais ?

Je hausse les épaules :

– J'aime bien lire.

– Moi aussi.

– J'avais remarqué.

– Allez, on rentre, je commence à avoir faim.

Il fait pivoter le bateau et nous rebroussons chemin. Avant de pouvoir savoir ce que je pense de tout ça, je vois Charlie en haut de la falaise. Elle tient Vida dans la main, sautille, et me fait signe avec un des tentacules de la pieuvre.

VINGT-SIX

– C'était comment votre promenade en mer ? me demande Charlie.

Elle prononce *mer* comme si elle voulait dire tout à fait autre chose.

– Où as-tu trouvé cette pieuvre de l'espace ? interroge Emilio.

– Dans une machine à pince, répond-elle en fronçant les sourcils.

Puis elle souffle à mon oreille :

– Alors ?

Je hausse les épaules et je murmure :

– Il aime les bateaux.

Elle hoche la tête, pensive.

– Hé, s'écrie Mila, les yeux rivés sur son téléphone. Il ne faut pas qu'on rate le dernier ferry.

– Où logez-vous ? demande Emilio.

– Dans un minibus, répond papi.

– Vous pouvez passer la nuit ici, si vous voulez. On pourrait diner ensemble et contempler le soleil qui se noie dans la mer.

Il sourit.

– De plus, je crois que nous avons encore beaucoup de choses à nous dire.

Il me regarde et il se touche les oreilles.

– D'accord, dit papi. Qu'en pensez-vous, les amis ?

– *Kalıyoruz*, déclare Umut.

Mila acquiesce. Charlie bâille, fait le signe de la paix avec ses doigts, et lance :

– Tu sais cuisiner, au moins ?

– Je me débrouille, répond Emilio.

– Tu préviens ta mère ? me demande-t-elle ensuite. Il ne faudrait pas qu'elle nous attende sur le débarcadère du ferry en pensant que la mer nous a engloutis.

J'approuve de la tête.

– Lily est ici ? fait Emilio.

J'acquiesce de nouveau.

– Oh, lâche-t-il.

– Le hasard, explique Charlie. En vrai, elle devrait être au bord de la mer Baltique. Mais papi a failli passer l'arme à gauche, enfin, tu sais ce que c'est quand on est encore très jeune et qu'on voyage.

– Je crois que je ne sais rien du tout, en fait, soupire Emilio.

Et il reste planté là, perplexe, devant les palmiers.

VINGT-SEPT

– À mon avis, ce garçon est complètement dépassé par les évènements, m'explique Charlie.

Elle est couchée sur le canapé et moi, sur un matelas par terre. La télévision diffuse une série. Nous ne comprenons rien aux dialogues, alors nous essayons de deviner ce qui se passe. Les autres discutent toujours dehors, mais la fatigue s'est abattue sur moi après le diner, comme si je n'avais pas dormi depuis une éternité.

– De qui parles-tu ? dis-je.

– De ton papa.

– Oui. C'est possible.

– Cette tête qu'il faisait tout à l'heure dans le jardin ! Il m'a rappelé mon père quand il est dans son atelier parfois. Totalement perdu.

Je hoche la tête, mais Charlie depuis son canapé ne peut pas le voir.

– Tu lui as dit ? interroge-t-elle.

– Quoi ?

– Que tu étais son fils, tiens !

– Non, pas directement.

– Comment ça, pas directement ?

– Je crois qu'il le sait.

– Tu crois qu'il le sait ?

– J'en suis sûr, en fait.

– Tu lui as posé des questions, au moins ? D'où il vient, ce qu'il aime, ce qu'il n'aime pas, qui sont ses parents, je ne sais pas, moi, ce genre de trucs.

– Il n'est pas mauvais à Fortnite.

– Ah, d'accord. Dans ce cas, le voyage en valait carrément la peine.

– Ça n'a rien à voir. Le voyage en valait la peine de toute façon. Déjà parce qu'on l'a fait.

– Voilà une remarque très sage, Gustav. Ma maman serait fière de toi.

– Mme Nowak aussi.

– C'est qui, celle-là ?

– Peu importe.

« Gustav, lance Agatha. Il faut que je change de décor. Je commence à me sentir à l'étroit là-dedans. J'étouffe ! »

Je lève sa bouteille d'eau et je la tends à bout de bras.

– Agatha a besoin d'un nouveau récipient et d'eau propre, dis-je à Charlie.

– Sors et explique-leur.

– Je vais aller chercher quelque chose dans la cuisine, plutôt.

– OK. Et maintenant, chut ! Tu m'empêches d'écouter la série.

– Oui, bien sûr.

Je me lève et je me dirige vers la cuisine.

Si je pouvais, je demanderais un autre récipient à Emilio. Si j'en avais le courage, je lui expliquerais pourquoi je promène une algue qui s'appelle Agatha. Pourquoi, alors que je voulais un chien, on m'a offert une algue. Je lui préciserais qu'elle n'est pas aussi stupide qu'on pourrait le croire, parce qu'elle parle, pas beaucoup certes, mais tout de même. Et je lui raconterais le reste aussi. La liste de pères, le copain de Lily, papi, Charlie, ce voyage et tout ce qui a été différent de ce qui était prévu. Dans la cuisine, je remplis une cuvette avec de l'eau et je dépose Agatha dedans.

« Ça fait du bien », déclare-t-elle.

« Moui. »

Je la porte avec précaution jusqu'au salon, sans faire gicler de gouttes, et je la dépose en haut de mon matelas.

« *Iyi geceler* », me lance-t-elle.

« Quoi ? »

« Ça veut dire bonne nuit. »

« Ah. »

« J'apprends très vite. »

« OK. *Iyi geceler.* »

Et je fais claquer ma langue plusieurs fois, pour gouter la saveur des mots.

– Le minibus me manque un peu, dis-je à Charlie.

Même si j'étais plié en deux comme un vieux mouchoir de poche sur le siège arrière, ça me plaisait. J'aimais bien être toujours ailleurs, m'endormir dans un endroit et me réveiller dans un autre. Avoir Charlie près de moi, papi à l'avant, Agatha et Miffler à côté de lui.

– Dors, Gustav, murmure Charlie.

Elle s'est tournée face au dossier du canapé et a jeté la télécommande sur mon oreiller. J'éteins la télé et j'observe les ombres au plafond. Puis je repousse la couverture sur le côté et je vais chercher mon bloc-notes, mon crayon et mon téléphone dans mon sac à dos. Je retourne sur mon matelas, je tire la couverture sur ma tête pour ne pas déranger Charlie, j'allume la torche de mon téléphone et je me mets à écrire.

VINGT-HUIT

Je suis le premier réveillé. J'ai toujours le téléphone dans ma main et le bloc-notes près de moi. Je déchire les deux pages que j'ai écrites, je les plie et je les fourre dans ma poche. Charlie ronfle doucement. Je sors de la chambre sur la pointe des pieds et je me glisse dehors. La porte grince un peu. Le problème avec l'inconnu, c'est qu'on ne connait pas toutes ses particularités.

Il fait presque froid encore dans le jardin. Emilio dort sur la pelouse. Ses yeux sont fermés, il est allongé sur le côté, un bras sous la tête. Il porte un vieux T-shirt troué. J'observe ses oreilles qui, selon Charlie, ressemblent aux miennes ou l'inverse. Son visage est endormi. Sur le côté gauche, à la hauteur de la commissure des lèvres, mais plus sur le côté, on voit une petite cicatrice dont j'ignore l'origine. Un pied nu dépasse du plaid et parfois bouge un peu. Il a des poils sombres sur les orteils et j'ai bien envie d'aller les compter. J'abandonne cette idée. À la place, je l'écoute respirer. Je fais quelques pas vers la mer. Des galets soulèvent mes semelles. Le ciel garde encore un peu de la nuit en lui. Au loin vers l'horizon, un bateau avance. Comment serait-ce de voir ce paysage tous les matins au lieu de l'arrêt du tram ? Miffler bondit jusqu'à moi et s'assoit directement à mes pieds. Et nous restons là, le lapin et moi, à envisager de ne plus jamais rentrer.

– Mais ce serait bizarre, dis-je.

– On se demande pourquoi on ne vit pas à la mer, hein ?

Papi pose sa main valide sur mon épaule et contemple la mer avec moi. Je sursaute. Je ne l'avais pas entendu approcher.

– Un jour, tu pourras, déclare-t-il. Plus tard. Il suffit que tu n'oublies pas. On oublie certaines choses parfois, elles se perdent dans le quotidien. C'est mieux de ne pas laisser les souvenirs s'échapper.

J'acquiesce.

– Tu vois, Gustav, je n'avais jamais pensé qu'un jour, nous ferions un tel voyage, toi et moi. Même si je n'aime pas particulièrement en parler, je sais bien que je ne suis plus tout jeune. Par exemple, je ne peux plus sauter en l'air et frapper mes talons l'un contre l'autre, et je ne sais plus tomber comme avant. Quand j'essaie, je me casse un bras et ça ne fait rire personne. Mais je suis encore assez en forme pour conduire mon petit-fils jusqu'aux iles des Princes. Qui l'aurait cru !

– Je sais, c'est fou !

Je prends sa main et nous restons là, tous les trois, fascinés par le soleil qui se lève sur l'horizon, la mer qui bruisse et les cris des mouettes.

VINGT-NEUF

– À la prochaine, commence papi.

–*Teşekkürler. Kendine iyi bak*, poursuit Umut.

– Au revoir et merci, ajoute Mila.

– Salut ! À bientôt ! lance Charlie.

Il est treize heures une, l'heure de se quitter. Nous sommes au portail. Emilio est de nouveau face à nous. Il étreint papi, Umut, Mila, puis Charlie.

– Tu es cool, toi, lui dit-il.

– Oui, merci, je sais.

Elle lui lance un clin d'œil, puis ajoute :

– Ne gâche pas tout.

Et elle pivote sur elle-même et s'en va. Emilio éclate de rire. Il ne reste plus que nous deux maintenant. Emilio, à deux mètres de moi, les bras ballants, les épaules tombantes, a de nouveau l'air tout penaud. Je ne sais pas comment on fait pour dire au revoir à son papa, alors je reste immobile et j'observe le trou dans son T-shirt, à travers lequel on voit un peu de peau et quelques poils sombres.

– Gustav.

– Oui.

Il s'approche de moi, me prend dans ses bras et me serre contre lui.

– J'ai quelque chose pour toi.

Il fouille dans la poche de son pantalon et me donne une minuscule bouteille et un morceau de papier.

– Moi aussi, dis-je.

Et je lui tends les deux feuilles de mon carnet.

– Oh.

Je songe que « Oh, oh, oh » est le son de mon père.

– Tu pourras toujours venir me voir, déclare-t-il. Où que je sois.

Il sourit, un sourire qui traverse ses yeux comme un brise-glace et ne laisse derrière lui que du brun chaleureux. Je hoche la tête, je me retourne et je m'éloigne. Je me dirige vers les autres, je me contente d'avancer le long de la route. J'avale ma salive, je me racle la gorge. Je marche et je lève la main en l'air, pour faire un signe, mais sans me retourner.

Cher Emilio,

Parfois, je discute avec mon algue et de temps à autre, avec les humains. Je trouve plus facile de ne pas dire les choses. Charlie pense que ce n'est pas bon parce que tout s'accumule en nous et on pourrit de l'intérieur. Je crois qu'elle a raison, même si on ne pourrit pas vraiment de l'intérieur. On dit beaucoup de choses, alors qu'on sait très bien qu'on ne devrait pas. Il y a aussi beaucoup de choses qu'on ne veut pas dire et d'autres qu'on ne peut pas dire. Peut-être parce qu'on a peur de ce qui se passerait si on mettait des mots dessus. Peut-être parce qu'on les a repoussées trop longtemps et que le courage s'est envolé. Peut-être parce qu'on ne sait pas comment les dire. Je voulais te dire que j'ai les mêmes oreilles que toi. Charlie l'affirme et c'est exact. Et que j'aime les bateaux. Et que moi aussi, j'ai toujours voulu jouer à Fortnite, mais que je n'ai jamais pu parce que Lily me l'a toujours interdit. Je sais d'autres choses sur toi. La première personne qui m'a parlé de toi était l'un de tes amis, le propriétaire du Roi de la Magie. Je ne connais pas son nom parce qu'on a oublié de lui demander comment il s'appelait. Il a dit qu'il fallait que tu passes le saluer de temps en temps. On l'a retrouvé grâce à Charlie. Elle est vraiment forte pour ce genre de trucs, et pour beaucoup d'autres d'ailleurs ; par exemple, quand il s'agit d'entrainer les gens dans une grande aventure. Le seul domaine où elle n'est pas douée, c'est quand il faut attraper une pieuvre avec une pince ; elle a trop la bougeotte pour réussir. Dans les films, ou du moins, dans ceux que je connais, les héros sont en général grands et très costauds, ils possèdent des superpouvoirs absurdes ou un nombre illimité d'armes, ils ne connaissent pas la douleur, ils ne pleurent jamais et sont en grande majorité des hommes. Dans la vraie vie, il me semble que les héros sont très différents. Charlie est une héroïne, par exemple. Mila, Umut et papi sont des héros aussi. Après, j'ai rencontré Philou, qui m'a raconté comment tu étais avant et où tu voulais aller. Ensuite, j'ai vu Laszlo, mais il a prétendu n'avoir jamais entendu parler de toi, et en plus, il nous a tiré dessus. Puis papi a failli mourir. Et on a fini par arriver jusqu'à toi quand même. C'est fou, non ?

Aujourd'hui j'ai trouvé une nouvelle ressemblance entre nous : on ne sait absolument pas comment nous comporter l'un avec l'autre. Mais on est tous les deux sur le même bateau. « C'est ainsi », déclare parfois Mme Nowak. « On ne peut pas changer les choses, mais on peut en tirer le meilleur. » Ce n'est pas la phrase la plus intelligente, mais c'est la vérité. J'ai toujours pensé que les pères savaient ce qu'il fallait faire et n'hésitaient jamais. Maintenant j'ai compris que les pères étaient de simples êtres humains. Et c'est bien comme ça. Si ce n'était pas le cas, je n'aurais pas dans ma tête toutes ces images. Papi qui danse près du feu. Les innombrables étoiles. Le rire de Camilla avec sa bouche où il manque plein de dents. Je ne connaitrais pas l'appel à la prière du muezzin, les histoires de cirque, le gout du jus de grenade, l'arbre noueux sur l'aire de repos en Roumanie, Vida, le bourdonnement de la chaleur dans les rues, l'air jauni par la poussière, l'horizon sale sous le ciel bleu… Je voulais t'offrir un cadeau aussi. Il vient de la mère de Charlie. Le pendentif est en bois de cèdre. Il parait qu'il capte l'énergie cosmique. C'est très apaisant de le frotter entre ses doigts. De plus, il peut être utile quand la situation menace de déraper et qu'on a l'impression que l'univers est contre nous. Cette histoire d'univers, c'est du sérieux. Demande un peu à la maman de Charlie. Je crois que ce collier te servira plus qu'à moi. Moi, j'ai Agatha et papi et Lily et Charlie. Et un jour, j'aurai un chien.

Contacte-moi ou fais-moi un signe de la main si tu navigues sur la Sprée, ou encore mieux, les deux.

Yakında görüşürüz

Gustav.

TRENTE

Pour la première fois depuis longtemps, Charlie a son écharpe autour du cou. Elle flotte au vent.

– Allez, montre ce que ton père t'a offert. Ce suspense me tue ! lance-t-elle en me regardant par-dessus la monture de ses lunettes de soleil.

Je sors le cadeau d'Emilio. Dans la minuscule bouteille, il y a un tout petit bateau. Un deux-mâts.

– Finalement, il n'était peut-être pas aussi paumé que je le pensais, rit-elle.

Je remets la bouteille dans ma poche. Reste la feuille pliée en quatre. Le papier est fin et légèrement jauni, comme s'il était ancien. Je la déplie. Deux croquis apparaissent. L'un a été fait à l'encre bleue, pâlie avec le temps. C'est notre immeuble.

Je le reconnais aussitôt. À ses nombreux balcons et à la dame aux cheveux emmêlés qui est assise devant. L'ambassadrice du messie, Mme Nowak. En plus jeune. Je l'imagine en train de déclamer ses proverbes bizarres devant un Emilio courbé sur son dessin. À côté de notre immeuble, la petite maison d'Emilio est dessinée. Les traits au crayon à papier, un peu effacés à certains endroits, touchent le bleu de l'encre. Tout en bas à droite, le nom Emilio est écrit en petit. Je lève les yeux, puis je regarde de nouveau le dessin. Les deux maisons de mes parents. Je les observe, puis je replie le papier et je le garde dans ma main. Le vent joue avec mes cheveux, le soleil fait étinceler la mer tandis que le ferry s'éloigne de plus en plus. Je veux me souvenir d'absolument tout. De toute cette histoire de fou.

– Merci, dis-je à Charlie, les yeux rivés sur les iles des Princes, qui rapetissent à vue d'œil.

De l'autre côté, Lily nous attend sur le débarcadère. Charlie se penche au-dessus du bastingage, puis elle baisse la tête et crache dans l'eau. Un vrai claquement retentit, comme si elle avait lancé un minuscule caillou.

– Personne ne crache aussi bien que moi, s'écrie papi, qui soudain est courbé au-dessus de la rambarde.

Il plisse les lèvres. Ploc !

– Hé ! Nous aussi, on veut jouer ! s'écrient en chœur Umut et Mila.

Ils éclatent de rire, puis ils sont tous penchés et crachent dans la mer.

– Ça va nous porter chance, c'est sûr ! s'exclame Mila.

– Oui, acquiesce Charlie. À la fin, on aura chacun notre ile des Princes.

– Exactement. Et on se rendra visite en voguant d'ile en ile sur de petits bateaux, embraye Mila.

– Je suis trop vieux pour voyager sur des coquilles de noix, assène papi. Si je dois prendre la mer, ce sera sur un beau bateau. Un vrai. Avec une voile.

– D'accord, si nous n'avons qu'un seul voilier, il sera pour toi, promet Umut.

– Allez, Gustav, à ton tour ! crie Charlie en attrapant mon bras pour me tirer à elle.

Alors je m'accroche à la rambarde et je crache. Nous observons encore un peu la mer et l'endroit où nos salives se sont mêlées aux vagues.

Je répète :

– Merci beaucoup.

Charlie sourit jusqu'aux oreilles. Je sens que là, elle va vraiment se faire des idées. Elle va me charrier pendant des années, peut-être même jusqu'à ma mort, mais peu importe.

– De rien, Gustav, répond-elle. Ce sera toujours avec plaisir. Toujours.

Et je ne saurais dire s'il s'agit d'une menace, d'une promesse ou les deux.

TRENTE-ET-UN

Papi danse. Il balance son bassin osseux de droite à gauche et claque des doigts, le bras en l'air. L'enceinte de Charlie diffuse *Globus* de Haiyti, la chanson préférée de Charlie. Pendant les premières notes, papi est resté de marbre. Il était assis sur notre canapé et ne bougeait pas d'un centimètre. Et puis, c'est parti : d'abord un frémissement des doigts, un balancement des pieds, des hochements de tête réguliers. Ses mains ont quitté les accoudoirs pour tournoyer en l'air. Ensuite, son corps a suivi, il s'est mis à serpenter d'avant en arrière et maintenant, il ne s'arrête plus de danser, mon papi avec ses jambes branlantes en O, et il rit. Rire lui donne toujours des rides supplémentaires. Miffler bondit autour de lui.

Parce que j'ai peur que papi l'écrase, j'essaie de l'attirer avec une carotte hors de la zone de danger.

Mais Miffler ne fait pas le moindre saut dans ma direction. Et papi continue de danser, de sourire et de battre des mains. Charlie est assise en tailleur sur le canapé. Elle hoche la tête en cadence, satisfaite. Dans la cuisine, le copain nous prépare une pizza. Il fait vraiment la pâte lui-même et tout le reste aussi. Lily est allongée sur le balcon. Après notre retour, elle a décidé de le végétaliser.

– C'est très intelligent, Gustav, surtout dans une ville aussi verticale que la nôtre. Dans ces blocs de béton, où ils veulent nous couper de tout ce qui est vivant, a commenté papi.

J'ai acquiescé, mais Charlie qui était là – parce qu'elle est tout le temps là – a ricané :

– Ne joue pas au vieux sage.

On a bien aidé Lily. Papi, Charlie et moi.

Désormais, il vient souvent nous rendre visite. Presque chaque jour, en fait. On a rempli de terre des briques alimentaires, des boîtes de conserve et des bocaux de cornichons et on a planté des graines et des semis. Pour les grandes plantes, on a pris des pots de fleurs, des vases et des casseroles qu'on a trouvés dans les poubelles. Nous avons attaché des cordes autour de certains végétaux afin de les fixer au plafond du balcon. Maintenant, il verdit peu à peu. Agatha m'a confié qu'elle ne pouvait pas supporter les plantes qui vivent à l'air libre. Elles sont bizarres. En guise de consolation, on lui a fabriqué un vrai aquarium. Il lui plait beaucoup, même si elle ne l'avoue pas, mais on le voit bien à sa façon d'agiter ses feuilles. Papi se retourne, sort quelque chose de la poche de son pantalon, dirige le bras vers son visage et pivote vers nous. Il a mis son nez de clown.

– Oh oui ! s'écrie Charlie.

Elle se lève d'un bond, attrape Miffler, et tourne en rond en riant. Elle repose Miffler et lève les bras en l'air.

– Gustav ! appelle-t-elle.

Elle tend l'index vers moi.

– Où allons-nous ? Je fais tourner le globe terrestre et toi, tu l'arrêtes.

Elle se laisse tomber par terre devant moi.

– Cette chanson est trop bonne. Tu le sens aussi ?

Ses cheveux partent dans tous les sens. Elle ressemble à un soleil.

– Charlie, dis-je. Est-il possible que très souvent, l'univers réponde de façon totalement différente de ce qu'on pensait ?

– Oui, bien sûr.

Elle plisse le front.

– Tout ce que tu peux faire, c'est poser tes questions et garder l'esprit ouvert. Les réponses arrivent ensuite, mais tu ne peux pas décider lesquelles. C'est comme ça avec l'univers, Gustav, il est vachement grand et super mystique.

Cet ouvrage a été mis en pages
par Nord Compo à Villeneuve-d'Ascq

Imprimé en Italie par Grafica Veneta
en mars 2025
pour le compte des Éditions Bayard